힐링 메디테이션

healing meditation

活人仙法

세상의 모든 일들은 그 바탕에 깔려 있는 마음을 통해서 이루어집니다. 아무리 머리를 잘 굴려 보고 또 깊은 기교를 부려 본다 할지라도 그 마음 속 깊은 곳에 진실한 사랑이 없으면 그 무엇도 이룰 수 없습니다. 그것은 우리가 사는 이 세상의 모든 것들이 다 순수한 사랑으로 만들어진 결과물이기 때문입니다.

힐링 메디테이션

주현철 지음

healing meditation

차례

평범한 일상의 신비를 찾아서 ● 9

시작하는 말 13

나를 위해 하는 말, 남을 위해 하는 말 ● 13

1장 삶과 함께 하는 신비 '활인선법' ● 19

1. 치유는 서로가 함께 하기 위해 일어나는 것 ● 21
2. 자연과 인간을 치유하는 '활인선법' ● 24
3. 활인선법을 이루는 단계와 효과 ● 28
4. 사랑과 관계 회복을 위한 영혼의 의식 ● 33
5. 인간 본연의 능력을 회복하자 ● 36
6. 생활 속에서 건강하게 사는 법 ● 39

2장 마음을 다스려야 삶이 치유된다 ● 43

1. 마음을 바로 보는 눈 ● 45
2. 생각을 정리하는 습관 ● 50
3. 마음을 닦고 지키는 법 ● 55
4. 마음을 전하는 법 ● 58
5. 말이 가지고 있는 힘 ● 61

3장 관계 회복은 서로를 치유하는 길 ● 65

　　1. 새로운 관계를 위해 ● 67

　　2. 함께 할 수 있는 공통의 것들 ● 70

　　3. 자연은 우리의 거울 ● 73

　　4. 만물과의 교감과 사랑 ● 76

　　5. 어둠을 빛으로 ● 80

4장 영혼은 우리를 치유하는 빛 ● 85

　　1. 나에게 주어진 것들 ● 87

　　2. 삶의 여백을 만드는 지혜 ● 91

　　3. 다시 태어나는 삶 ● 93

　　4. 사는 것과 노닐고 즐기는 것 ● 97

5장 치유는 자신의 삶을 창조하는 것 ● 99

　　1. 성공을 위한 시작 ● 101

　　2. 삶을 창조할 수 있는 힘 ● 103

　　3. 스스로 빛나야 하는 것 ● 105

　　4. 운명을 스스로 결정한다는 생각 ● 108

　　5. 두 길이 하나가 되는 사랑 ● 111

　　6. 모든 것을 다 주었다 ● 113

6장   몸을 통해 배우는 지혜 ● 117

    1. 몸이 알고 있는 것들 ● 119

    2. 삶의 균형을 위한 감각 깨우기 ● 122

    3. 호흡과 공명(共鳴) ● 127

    4. 신체 장기와 색과 소리 ● 130

    5. 활인선법 치유에 관한 실험 분석 결과서 ● 133

    6. 건강을 위한 호흡 ● 139

7장   자유로운 영혼을 위해 ● 143

    1. 자연을 닮은 사람 ● 145

    2. 의무는 자유를 온전하게 지키는 것 ● 147

    3. 조화로운 삶을 위해 ● 150

    4. 해프닝과 끝없는 영속성의 길 ● 153

    5. 마음을 움직이는 영혼의 힘 ● 156

8장   평범한 일상의 신비를 찾아서 ● 161

1. 불편한 진실들 ● 163

2. 내 안에서 찾은 신성 ● 166

3. 다시 찾은 일상의 신비 ● 172

4. 삶을 통한 깨달음 ● 175

맺는 말 179

지금 이 순간 이 곳에서 함께 하는 것 ● 179

평범한 일상의
신비를 찾아서

저는 오랫동안 제 삶에 대해서 어떤 의문을 품고 있었습니다. 그리고 그 답을 찾기 위해서 많은 시간을 헤맸던 적이 있었습니다. 어느 날 그 어떤 이유에서였는지 아니면 자연스레 일어난 일이었는지 간에 저는 제 자신의 체험을 통해서 그 의문을 내려놓게 되었습니다. 그러나 제가 체험을 통해 얻은 답은 제가 그 동안 기대했었던 것과는 너무나도 다른 것이었습니다. 또 한편으로는 너무나도 역설적이고 모순된 것이었습니다. 그리고 제가 오랫동안 의문을 풀 수 있었던 계기 또한 어떤 특별한 것을 통해서가 아니었습니다. 저는 어느 날 갑자기 제 자신이 처한 현실들에 대해 있는 그대로 받아들이게 되었습니다. 뜻밖에도 저는 이렇게 단순한 받아들임을 통해서 제가 오랫동안 품고 있었던 제 삶의 의문들을 풀 수 있게 되었습니다.

저는 오랫동안 제 자신에게 묻곤 하였습니다. 삶과 죽음, 그리고 내가 누구이고 왜 태어났으며 또 무슨 이유로 이런 삶을 살고 있는지에 관해서 말입니다. 하지만 그 답은 쉽게 찾을 수 없었고, 그 어떤 말로도 저의 이런 의문들에 대한 갈증을 해소할 수가 없었습니다. 이런 의문들이 들기 시작한 것은 아마도 아주 오래 전부터 였던 것 같습니다. 하지만 어느 날 이런 의문들이 저를 더 강하게 붙잡게 되었고, 그것은 제 마음 속 깊은 곳까지 파고들어 저를 아주 혼란스러운 상황으로까지 몰고 갔습니다.

제가 이런 의문들에 빠지게 되고 집착하게 된 것은 대학 시절 저에게 일어났던 교통 사고 때문입니다. 저는 이 때의 사고를 통해서 삶과 죽음의 경계를 체험하게 되었고, 또 제 자신도 결국은 죽게 될 것이라는 사실을 받아들이게 되었습니다. 저는 이 때부터 제가 어느 날 갑자기 사라질지도 모른다는 생각을 하게 되었습니다. 이런 생각에 빠져들게 되자 삶의 모든 것들이 다 허무하게만 느껴졌고, 이런 이유로 정신적 공황 상태에 빠지게 되고 말았습니다. 저는 이 때부터 아무것도 할 수 없었고, 삶이 무의미하게 느껴져 괴롭고 힘든 시간을 보내야만 했습니다. 그러던 중 주위 사람들의 도움으로 조금은 정신을 차릴 수 있게 되었고, 저는 이 때부터 제 자신을 찾기 위해 여러 가지 방법들을 찾기 시작했습니다.

이렇게 제가 공황 상태에 빠져서 제 자신을 찾기 위해 방황했던 시기는 아마도 제 인생에서 가장 어두웠던 시간들이 아니었나 싶습니다. 삶은 망가져 있었고, 몸도 마음도 너무 지쳐서 제 삶은 어느 것 하나도 제자리를 잡지 못하고 있었습니다. 하지만 저는 너무 오랫동안 저의 이런 모습을 바라보지 못했습니다. 아니 어쩌면 이 불편한 진실을 받아들이기가 힘들어 스스로 외면했는지도 모릅니다. 어느 순간 저는 제 자신을 있는 그대로 바라볼 수 있게 되었습니다. 저는 제 스스로를 좋은 쪽이든 나쁜 쪽이든 모두 인정하고 받아들이기로 마음먹었고, 또 망가진 삶을 회복하기 위하여 그 동안 찾던 의문들을 다 내려놓기로 했습니다. 이렇게 다시 새로운 삶을 시작해야겠다는 생각을 가지고서 저는 제 자신에게 다짐했습니다. 앞으로 내게 그 어떤 어려움이 다시 찾아와도 몇 번이고 다시 일어서겠다고 말입니다. 그리고 이 때 갑자기 제게 놀라운 일이 일어났습니다. 그것은 제 안에서 누군가의 목소리가 들리기 시작한 것이었습니다.

나를 위해 하는 말, 남을 위해 하는 말

저는 자신과 타인 그리고 세상 모든 만물과의 교감을 통한 치유법에 관한 소개를 하기 위해서 책을 만들어야겠다는 생각을 하게 되었습니다. 그래서 제가 알고 있는 명상과 치유법, 저의 체험과 깨달음을 구체적으로 설명할 수 있도록 제 기억들과 생각들을 정리해서 글을 쓸 준비를 하고 있었습니다. 그러나 막상 글을 쓰기 시작했을 때는 정말 아무것도 쓸 수가 없었습니다. 계속 답답한 시간만이 흘러갔을 뿐 항상 제자리걸음이었습니다. 그래서 저는 자료 수집을 위해서 전에 썼던 글들을 모아 정리를 하게 되었습니다. 그런데 이런저런 마음에 들지 않는 것들을 정리하고 보니 광고책자로 쓸 만큼의 분량도 나오지 않는 것이었습니다. 자료는 턱없이 부족했고 글을 쓸 내용도 떠오르질 않아 답답하기만 했을 뿐 아무것도 할 수 없었습니다.

이렇게 시간은 계속 흘러갔고 그 때 난 그 동안 도대체 무엇을 했던가 하는 생각이 갑자기 들었습니다. 그 동안 무엇인가를 찾아 얻으려 했지만, 내가 얻은 것은 정말 아무것도 없다는 결론이었습니다. 그렇습니다. 저는 정말 아무것도 얻은 게 없었습니다.

아무것도 얻은 게 없다는 것을 인정하고 나서 이제 다시 시작해야겠다는 마음으로 글을 쓰기 시작했습니다. 다행히 이 때부터는 조금씩 생각도 정리되었고 글을 쓸 내용들도 하나씩 떠오르기 시작했습니다. 그리고 이 때 누군가가 제 온몸을 부드럽게 쓰다듬는 듯한 온화한 느낌이 들기 시작했습니다. 저는 이런 편안한 기운을 받으면서 어느 정도의 글을 쓸 수 있었습니다. 하지만 어느 정도 분량의 글이 완성되자 이상하게도 제 몸에는 다시 답답하고 불안한 느낌이 들기 시작했고 제 몸의 기운도 흐트러지는 것을 느끼게 되었습니다. 이런 상태에서는 더 이상 글을 쓸 수가 없었기에, 저는 또 모든 것들을 다 내려놓고 기다려야만 했습니다. 이렇게 내려놓고 다시 시작하고 하는 시간들을 반복하면서 저는 제 자신이 아무것도 아니라는 것을 되새길 수 있었고, 그 때마다 제 몸에는 어떤 온화한 기운이 와서 머물렀습니다.

저는 그 때 모든 것은 아무것도 없는 데서부터 시작하는 것이라는 것을 다시 한 번 느끼게 되었습니다. 내가 뭐 대단한 존재라고 생각하거나 혹은 너무 하찮게 생각해서도 안 되는 것이었습니다. 그리고 또 모든 것을 너무 심각하게 받아들여서도 안 되는 것이었습니다. 가끔은 머뭇거리지 않고 그냥 덤벼드는 것이 실패를 막는 길이라고 생각했습니다. 실패가 두렵고 다른 사람들의 시선이 걱정돼서 가만히만 있게 된다면 정말 아무것도 할 수 없는 것입니다. 세상 모든 것들이 다 아무것도 없는 곳에서 시작된 것처럼 모든 일을 대함에 있어서 그 무엇보다도 중요한 것은 바로 비움의 자세가 아닐까 생각합니다. 그냥 가볍게 받아들이고 아이같이 텅 빈 마음으로 즐기면서 무엇이든 해 보십시오. 무슨 일을 하든 그 일이 잘 풀릴 거라고 믿습니다. 비움은 모든 가능성의 시작이기 때문입니다.

  글을 쓰면서 또 한 가지 느낀 점이 있었습니다. 처음에 글이 잘 쓰여지지 않을 때 저는 다른 사람들에게 무슨 말을 해야 할까 하고 계속 고민했습니다. 내 생각은 이러한데 다른 사람들은 또 어떻게 받아들일지, 남들은 도대체 무슨 생각을 할지도 몰라서였습니다. 이렇게 심각하게 고민하고 걱정을 하니까 글은 더 이상 써지지 않았습니다. 그러다가 마음을 좀 비우고 생각해 봤습니다. 그 순간 제 머리에 떠오르는 것이 있었습니다. 이 글을 쓰고 있는 것은 바로 나 자신이라는 것이었습니다. 그래서 이렇게 글을 써 보기로 했습니다. "남에게 이야기한다고 생각하지 말고 내 자신에게 이야기한다고 생각하고 글을 써 보자." 정말 제 자신을 위하는 마음으로 제 자신에게 필요한 말들을 찾아서 글을 썼습니다. 이렇게 남들이 어떻게 생각할지 고민을 하지 않자 글을 쓰는 것은 훨씬 수월해졌습니다.

이렇게 제 자신을 위한 말을 남에게 말하는 것처럼 글을 썼습니다. 그러고 나서 저는 처음엔 전혀 몰랐던 사실을 알게 되었습니다. 자꾸 반복해서 제가 제 자신에게 하고 싶은 말을 남에게 말하는 것처럼 하다 보니 이상한 느낌이 들기 시작했습니다. 나를 위해 하는 말이 남을 위해 하는 말처럼 느껴지고, 남을 위해 하는 말이 나를 위해 하는 말처럼 느껴지게 되었습니다. 이렇게 되면서 조금씩 다른 사람의 마음을 내 마음처럼 생각하는 습관이 천천히 생기게 되었습니다. 무슨 일을 하든지 내 일처럼 생각하고 상대방의 입장이 되어서 생각한다는 것은 참으로 어려운 일입니다. 하지만 이렇게 하는 것이 얼마나 나를 맑게 하고 행복하게 하는 것인지를 알게 된다면 우리는 아마도 변화를 원하게 될 것입니다.

세상의 모든 일들은 그 바탕에 깔려 있는 마음을 통해서 이루어집니다. 아무리 머리를 잘 굴려 보고 또 갖은 기교를 부려 본다 할

지라도 그 마음 속 깊은 곳에 진실한 사랑이 없으면 그 무엇도 이룰 수 없습니다. 그것은 우리가 사는 이 세상의 모든 것들이 다 순수한 사랑으로 만들어진 결과물이기 때문입니다.

1장

●

삶과 함께 하는 신비 '활인선법'

1. 치유는 서로가 함께 하기 위해 일어나는 것

지금까지 활인선법 치유를 하면서 다른 사람들이 이 치유에 대해 생각하는 것이 제가 생각하는 것과는 많이 다르다는 것을 느끼게 되었습니다. 사람들은 이 치유를 어떤 특별한 기운이나 영적인 것이라고 생각하거나 아니면 경락이나 경혈에 어떤 자극을 주는 민간요법 정도의 하나라고 생각합니다. 그리고 저에게 치유를 받으러 오는 대부분의 사람들은 보통 두 가지 부류의 사람들입니다. 첫 번째 부류는 몸이나 마음의 문제들로 여러 가지 방법들을 찾아 이곳저곳을 찾아 헤매다가 결국은 물에 빠진 사람이 지푸라기라도 잡고 싶은 심정으로 어떤 기대를 갖고 찾아 오는 경우입니다. 그리고 또 다른 부류는 이런 유의 치유에 대해 '밑져야 본전'이라는 회의적인 생각으로 누군가의 소개나 권유 등으로 어쩔 수 없이 떠밀리듯 찾아 오는 경우입니다. 사실 제 생각에는 이런 두 부류에 사람들이 별반 다를 것이 없어 보입니다. 이 치유에 대해 어떤 기대를 갖고 있거나 또는 회의적이거나 마음 속에 가지고 있는 생각은 같다는 것입니다. 그것은 이 치유를 평범하고 당연하게 받아들이고 있지 않다는 것입니다.

저는 사람들이 이 치유를 너무 특별하게도 또 너무 하찮게도 여기지 않길 바랍니다. 그래서 저는 이 치유를 삶과 함께 하는 신비의 치유법이라고 말하고 싶습니다. 만약 우리가 이 평범한 삶의 모든 것들을 신비롭게 바라보고 더 열린 마음으로 대하게 된다면 이 치유는 그 누구에게나 일어날 것입니다. 이 치유의 힘은 세상 모든 곳 어느 것에나 있는 것이고, 또 이 우주가 움직이는 원동력이 되는 것입니다. 그래서 더 특별하지도 않은 것이고 그렇다고 하찮은 것도 아닙니다. 만약 당신이 이 힘을 느끼게 된다면 당신은 우주가 숨쉬는 심장의 고동 소리를 듣게 될 것입니다. 그리고 깨닫게 될 것입니다. 우리가 모두 하나로 연결된 우주이고 이 우주가 바로 나이며, 또 살아서 여기 이 평범한 일상 속에서 함께 하고 있다는 것을 말입니다.

치유의 힘은 평범한 것이지만 또 한편으론 초월적이고 신비한 것입니다. 이 힘을 이해하기 위해서는 어쩔 수 없이 이 모순을 받아들일 수밖에 없습니다. 그런데 '왜' 이 초월적인 힘이 매개체가 되는 사람을 통해 다른 사람에게 전달되어야 하고, 또 다른 사람을 치유해야만 하는가에 대해 의문이 들 수도 있습니다. 사실 이 치유의 힘은 꼭 매개체가 되는 치유사를 통하지 않고서도 언제 어디서든 누구에게나 전달될 수 있는 초월적인 것입니다. 만약 우리의 의식이 이 치유의 힘이 가진 의식과 같아질 수 있다면 굳이 다른 매개체가 꼭 필요한 것은 아닙니다. 그러나 우리가 우주와 연결되어 있고 모두가 하나라는 것을 단순히 머리로만 아는 것이라면 이것은 아무런 도움도 되지 않습니다. 중요한 것은 머리로만 아는 것이 아니라 직접 느끼고 체험하는 것입니다. 그래서 우리가 치유를 주고받기 위해 서로 만나는 것입니다. 우리는 이 치유를 중심으로 우리가 서로를 위해 존재한다는 것과 서로 하나로 연결되어 있다는 것을 사람과 사람으로 직접 만나서 느끼고 체험하게 되는 것입니다.

치유는 치유사가 하는 것이 아니라 우주가 주관하는 것이고, 우리는 이 우주가 주는 사랑을 느끼고 체험하는 과정이 필요한 것입니다. 저는 우리가 여러 가지 방법을 통해 만남을 가질 수도 있고 또 서로 사랑을 나눌 수도 있다고 생각합니다. 그래서 저는 이 책이 당신의 일상을 조금이라도 더 풍요롭게 만들 수 있기를 기대합니다. 당신은 숨을 쉬고 거리를 걸으면서도 바람과 햇살을 사랑하게 될 것이고, 음식을 먹고 음악을 들으면서도 사랑을 느끼게 될 것입니다. 그리고 또 앞으로 당신이 만나는 모든 것들을 통해서 이 힘을 느끼게 될 것이고 사랑하게 될 것입니다.

2. 자연과 인간을 치유하는 '활인선법'

활인선법(活人仙法)은 자연과 인간이 함께 공존할 수 있는 상생의 법칙과 질서를 통해 몸과 마음, 영혼을 자유롭게 만들고 사람과 자연이 새롭게 관계를 회복할 수 있도록 돕는 사람과 자연을 살리는 사랑의 법칙입니다. 이 힘의 법칙을 깨닫게 되면 우리는 먼저 내가 이 우주와 하나라는 것을 깨닫게 됩니다. 그리고 나서 자신에게 주어진 삶의 의미를 깨닫게 될 것이고, 또 이 삶의 완성을 위해 자신에게 필요한 것이 무엇인지 되돌아보게 될 것입니다.

활인선법은 사람과 사람, 자연과 사람이 함께 살아가며 생명의 근원을 체험함으로써 우리가 세상과 하나가 될 수 있도록 돕는 삶을 위한 법칙입니다. 이 힘은 단순히 기(氣)를 모으거나 몸에 축적하는 것이 아니라 삶 자체를 느끼고 세상과 하나되게 하는 것으로서 몸과 마음의 흐름을 자연스런 기의 흐름과 동조할 수 있도록 하는 것입니다. 활인선법은 개인의 내적인 완성뿐 아니라 외적인 삶의 완성을 통해 조화로운 삶을 사는 것이 목적이 될 수 있습니다. 활인선법의 치유법과 명상법들은 몸과 마음의 치유뿐 아니라 과거의 습관과 업(業)을 바로잡고 여러 가지 삶의 문제들까지도 치유할 수 있도록 우리를 돕습니다.

기(氣)의 최종 정착지에는 영(靈)과의 관계가 있고 깨달음이 있으며, 종교에도 믿음과 구원이 함께 하고 있습니다. 활인선법(活人仙法)은 자연스런 삶의 흐름과 동조하여 삶 속에서 바른 현실 의식을 갖고 이것을 통해 영적인 자아와 깨달음을 찾는 것입니다. 우리가 우리 자신의 본질을 깨달아 자신을 바르게 인식하고 원하는 삶을 살 수 있게 된다면, 우리는 자신과 우주가 하나라는 것을 체득하게 될 것입니다. 또 이 사회와 자신이 함께 할 수 있는 더 나은 방향을 찾기 위해 노력하게 될 것입니다. 이것은 우리가 바라는 정신적, 육체적 욕망을 충족시키는 것뿐 아니라 자신의 육체와 영혼이 원하는 진정한 행복을 찾을 수 있도록 하는 것입니다. 그러므로 몸과 마음, 영혼이 하나가 되는 본연의 정체성을 회복하게 하는 것입니다.

세상에는 보이지 않는 힘과 법칙이 존재합니다. 이 힘의 근원은 그 무엇도 바라지 않는 무심(無心)으로부터 온 사랑입니다. 하지만 우리는 항상 그 의도와 이유가 있는 사랑을 알아왔고 체험해 왔기 때문에 그 어떤 의도와 이유를 묻지 않는 본연의 사랑에 대해서는 전혀 모르고 있습니다. 그래서 아이러니컬하게도 우리가 본연의 사랑을 알기 위해서는 결국 진리가 무엇인지에 대해 '왜' 라고 물을 수밖에 없습니다. 결국 우리는 이 '왜'라는 의심과 물음을 통해서 더 이상 '왜'라고 묻지 않는 본연의 사랑을 만나게 될 것입니다.

우리가 만약 스스로의 지혜를 통하지 않고 맹목적인 믿음만을 통해서 본연의 사랑을 만나게 된다면 우리는 그 사랑을 오해하게 될 것이고 제대로 받아들일 수 없게 될 것입니다. 궁극적으로 그 사랑을 해치려고까지 하게 될 것입니다. 그렇기 때문에 우리에게는 꼭 지혜가 필요한 것입니다. 만약 당신이 지혜가 없는 맹목적인 믿음만으로 사랑을 만나게 된다면, 당신은 아마도 당신의 주관적인 믿음과 바람으로 만들어진 지극히 주관적이고 망상적인 사랑만을 보게 될 뿐, 사랑 그 자체가 가지고 있는 본연의 모습은 절대 볼 수가 없을 것입니다. 그렇기 때문에 우리에게는 진리에 대한 끝없는 의심과 추구가 꼭 필요합니다. 그리고 또 꼭 필요한 것이 있는데, 그것은 바로 중도적인 의식과 자세입니다. 우리가 사랑을 알기 위해서는 정열적이고 맹목적인 믿음도 있어야 하겠지만 또 한편으론 냉정하고 이성적인 판단을 위한 의심도 함께 있어야 하는 것입니다. 어쩌면 믿음과 의심이 만나서 서로 결합하고 조화를 이루는 것이 본연의 사랑을 찾는 유일한 길일지도 모르는 것입니다.

우리가 모든 것을 비우고 다시 시작하려고 할 때 우리는 다시 긍정의 눈으로 세상을 바라볼 수 있게 됩니다. 그러나 다시 부정적인 마음이 들고 의심이 든다면 그 때는 다시 모든 것을 비우고 다시 시작해야 합니다. 세상은 마치 모래시계를 가지고 노는 어린아이의 유희처럼 비우고 채우는 반복을 아무런 거리낌 없이 계속 하고 있습니다. 그러나 우리가 모든 것을 가벼운 마음으로 받아들이고 또 웃을 수 있게 된다면 거꾸로 사랑은 가득 채워질 것입니다.

3. 활인선법을 이루는 단계와 효과

활인선법을 이루는 단계는 전수, 치병, 수행 이 세 가지 단계로 나눌 수 있습니다. 활인선법의 시작 단계는 시술자가 우주가 움직이는 본질의 기운을 받아 다시 피시술자에게 전달하는 마음을 전하는 침묵의 전수 방식으로부터 시작됩니다. 이후에는 시술자와 피시술자 간의 마음을 전하는 담소와 교육을 통해서도 그리고 눈을 통해 서로 바라봄으로써도 전수될 수 있습니다. 이 전수에 있어서 가장 중요한 것은 서로가 마음을 열고 세상 만물과 함께 하려는 간절함과 사랑이 있어야 한다는 것입니다.

이 때 나타나는 현상이나 느낌은 각자 사람의 마음 상태나 개성, 그리고 영의 성숙도에 따라 다르기 때문에 구체적으로 모든 것을 다 표현할 수 없습니다. 하지만 가장 대표적인 것은, 마음이 편안해지고 온몸에 온화한 기운마저 둘러싸인 듯한 기분과 함께 아주 가볍고 자유로운 느낌이 드는 정도입니다. 이러한 느낌을 한마디로 정의하자면 그것은 사랑이 충만한 느낌이라고 말할 수 있을 것입니다. 이러한 느낌을 우리가 직접 체험함으로써 우리는 궁극적인 것을 깨닫게 됩니다. 그것은 우리가 세상과 함께 한다는 것과 혼자가 아니라는 것을 체험하는 것입니다. 이것을 통해 우리는 채워지지 않았던 영혼의 만족감을 찾고 내면의 평화를 찾게 되는 것입니다.

활인선법을 이루는 단계들을 만약 집을 짓는 것처럼 생각한다면 첫 번째 단계는 그 근본 바탕이 되는 토양과 같다고 할 수 있습니다. 좋은 환경이 갖추어진 땅에 집을 지어야 사람이 잘 살 수 있고 환경이 안정될 수 있는 것처럼 우리는 첫 번째로 모든 것에 바탕이 되는 본연의 사랑을 우리 안에서 찾아야 하는 것입니다.

다음 단계인 두 번째 단계는 치병(治病)과 건신(健身)의 단계입니다. 좋은 마음을 가지고 있지만 몸이 병약하다면 그것은 완전한 것이 될 수 없기 때문입니다. 이렇게 병을 낫게 하고 몸을 건강하게 하는 것은 바로 내 마음과 몸을 연결하는 튼튼한 기둥을 세우고 벽을 쌓는 작업과도 같은 것이라 할 수 있습니다. 이렇게 몸과 마음이 균형을 이루게 되면 어떠한 어려움에도 흔들리지 않는 사랑이 가득하면서도 건강한 사람으로 천천히 다시 태어나게 됩니다.

이것은 활인선법이 영성을 통해 마음을 다스리는 것뿐만 아니라 과학성을 가지고 있다는 것을 말합니다. 이렇게 우리의 몸을 통해 물질성과 마음의 관계를 다시 깨닫게 되고 이것을 다시 삶을 통해 실천함으로써 자신이 원하는 것을 이루는 것이 활인선법의 기초가 됩니다. 또 이렇게 하는 것은 우리가 미신이나 신비주의에 빠지는 것을 경계하고 현실을 직시함으로써 우리가 원하는 행복한 삶을 살아갈 수 있게 하기 위한 것입니다.

두 번째 단계에서 우리는 몸을 통해 여러 가지 현상들을 경험할 수 있습니다. 이것은 사랑이 움직이는 본연의 생명 운동이라고 말할 수 있습니다. 이것을 우리가 몸을 통해 느끼고 또 통제하고 조절함으로써 몸과 마음의 균형을 회복하고 유지할 수 있게 됩니다. 두 번째 단계에서도 몸으로 느끼는 구체적인 현상은 사람에 따라 다를 수밖에 없습니다. 활인선법은 영적일 뿐만 아니라 과학적인 것이기 때문에 항상 과학적인 태도를 가져야 합니다. 사람에 따라 연령, 체질, 환경, 교양이 다르고 믿는 정도가 다르고, 영적인 파장을 접수하는 정도가 다 다르기 때문에 그 효과도 필연적으로 다를 수밖에 없습니다.

활인선법의 두 번째 단계에서 느껴지는 신체적인 효과는 그 범위가 매우 넓고 다양합니다. 간단하게 정리한다면, 전신에 힘이 솟게 하고 몸의 균형을 잡아 주며 자신감이 생기고 두통과 무기력감이 없어집니다. 온몸이 마치 떠 있는 듯 가볍지만 한편으로는 아주 단단하고 무거운 느낌이 함께 있는 상태입니다. 이것은 마치 몸과 마음이 세상의 이원성을 모두 다 포용하고 받아들이게 된 초월적이면서도 또 현실적인 상태라고 할 수 있습니다. 따뜻하고 온화한 느낌 속에 강한 의지가 숨어 있는 느낌을 받게 되기도 하고 또 상쾌하고 개운한 느낌 속에 집착이 사라져서 바람처럼 흐르는 자신의 모습을 느끼기도 할 것입니다.

마지막으로 세 번째 단계는 수행의 과정입니다. 수행은 우리가 일상적인 삶을 살아가는 과정이라고 말할 수 있습니다. 그냥 사는 것이 무슨 수행이냐고 말할 수도 있겠지만 우리가 삶을 살아가는 것 이상의 수행도 사실 더 이상 있을 수 없는 것입니다. 살아가는 과정은 모두 관계를 통해 이루어집니다. 활인선법의 첫 번째 단계를 통해 사랑과의 관계를 회복했다면 이제부터는 그 사랑을 내 안의 품고 건강한 몸과 정신으로 삶을 살아가면서 하나씩 배워 나가는 그 과정을 즐기는 것입니다.

우리는 앞으로 우리가 관계를 맺고 있는 모든 것들을 통해서 그 사랑을 느끼고 체험하게 될 것입니다. 가장 기초가 되는 영을 통해 사랑을 느끼고 그리고 나와 내 몸을 통해 생명의 가치와 소중함을 알게 된다면, 우리는 다시 산소와 물, 하늘과 땅 같은 자연과의 관계를 통해서도 생명의 가치와 사랑을 알게 될 것입니다. 그리고 다시 가정과 직장, 공동체 등 사회와의 관계를 통해서도 그 속에서 사랑을 찾고 생명을 찾을 수 있게 될 것입니다.

4. 사랑과 관계 회복을 위한 영혼의 의식

활인선법이 행하는 의식 절차는 간단합니다. 먼저 조금만 마음을 비웁니다. 단 1분이라도 좋습니다. 잠시라도 마음을 비우고 평온을 유지하면 주체가 되는 시술자가 자신의 주체가 되는 초월적인 사랑의 힘과 연결을 시도합니다. 그리고 이 힘을 다시 대상이 되는 피시술자에게 연결합니다. 여기서 전달되는 힘은 항상 아무것도 바라지 않는 사랑의 마음입니다. 여기까지가 이니시에이션 바로 순수한 사랑과 다시 관계를 회복하고 한 몸이 되는 영혼의 의식입니다.

어떻게 보면 이러한 의식은 신과 인간이 새롭게 관계를 회복해 순수한 사랑으로 한 몸이 되는 결혼과도 같은 것이라 말할 수 있습니다. 이렇게 순수한 사랑의 기운을 받고 그것을 느끼고서 변화가 일어나는 사람도 있을 것이고 아무런 변화가 없는 사람도 있을 것입니다. 이유는 받는 사람이 아직 받을 준비가 되어 있지 않았기 때문입니다. 그러나 간절히 원한다면 그 누구라도 이 기운과 연결될 것이고 변화될 것입니다. 진정한 행복과 영혼을 찾고 싶은 간절한 마음, 그것이 가장 중요합니다.

활인선법은 하늘이 우리에게 준 크나큰 선물이며, 우리가 행복한 삶을 되찾을 수 있도록 돕기 위한 비밀의 지도입니다. 세상에서 가장 큰 기쁨은 함께 나누고 교감하며 사랑하는 기쁨입니다. 그러나 목마른 사람에게 물이 있는 곳을 가르쳐 주면 물을 먹고 안 먹고는 목마른 사람의 선택입니다. 하늘이 우리에게 준 선물을 받고 안 받고도 결국은 각자가 가진 자유로운 선택의 몫일 뿐입니다.

활인선법의 이니시에이션은 육체와 정신을 가진 자아가 자신의 영혼을 느끼는 것이고 다시 하늘의 사랑과 연결되는 것입니다. 이것을 통해 하늘이 우리에게 준 숨결인 사랑을 찾고 신과 인간이 관계를 회복해 함께 하게 되는 것입니다. 사랑과 함께 한다는 것은 자유로운 영혼을 갖는 것입니다. 그러나 자유를 가지기 위해선 법칙과 질서가 있어야 합니다. 그 법칙과 질서는 텅 빈 마음으로부터 오는 순수한 사랑과 자유를 지키는 것입니다. 자신이 바라는 것이 아니고 그 속에 순수함이 없으면 의심이 들고 우리의 몸과 마음, 그리고 영혼까지도 불편함을 느끼게 됩니다. 이것은 바로 내가 진정으로 원하는 것이 아니기 때문입니다. 깨어 있는 자의 의무는 자신이 진심으로 원하는 기쁨을 찾고 진실의 길로 가는 순수성을 지키는 것입니다.

하늘과 다시 연결돼 사랑을 소유한 사람은 몸과 마음 그리고 미묘한 육감의 언어로 자신이 원하는 방향을 찾을 수 있습니다. 활인선법의 수행은 바로 이 때부터입니다. 자신이 원하는 것을 찾아 그것을 삶 속에서 체험하고 그 속에서 세상과 함께 기쁨을 나누는 것이 바로 참된 나를 찾고 내 영혼이 바라는 자유와 사랑을 찾는 것입니다. 간절히 원한다면 우리는 삶 속 어디에서든 사랑을 만날 수 있을 것이고 또 기적을 체험할 수 있을 것입니다.

5. 인간 본연의 능력을 회복하자

인류는 상상력을 가지고 있습니다. 그리고 이 상상력을 바탕으로 현재의 문명을 발전시켜 왔다고 할 수 있을 것입니다. 오래 전부터 현인들은 물질이란 생각의 산물, 즉 상상력의 산물이라고 말해 왔고 현재는 이러한 것들이 어느 정도 대중들에게 받아들여지고 있습니다. 우리 신체만 보더라도 보고 듣는 모든 것들이 생각을 만들고 그러한 것들이 뇌에서 전기 신호로 바뀌어 우리 신체 곳곳에 미세한 구조의 물질들을 만들어 내고 몸과 마음 그리고 인생의 희로애락을 창조합니다. 우리의 몸과 마음을 자연의 법칙에 따라 통제할 수 있는 능력을 개발한다면 건강하게 오래 살 수 있을 것입니다. 뿐만 아니라 이 세상은 좀더 평화롭고 행복하게 변화될 수 있을 것입니다.

우리가 잊고 있는 사실이 하나 있습니다. 지금까지 나와 한 번도 떨어지지 않고 나를 지켜 주고 나를 사랑해 준 것이 무엇인가 하는 것입니다. 여러 가지가 있을 수 있겠지만 만약 단 몇 분이라도 우리 곁에서 공기가 사라진다면 더 이상의 삶은 존재하지 않을 것입니다. 너무 흔하고 흔해서 그 소중함마저도 잊고 살지만 항상 나와 함께 하고 날 감싸 주고 있는 것들은 산소와 물, 빛과 같은 자연의 것들입니다. 자연 속 곳곳에 녹아 있으면서 아무것도 바라지 않는 순수한 사랑의 힘들은 항상 우리 곁에서 함께 하며 생명을 나누는 우리 자신이며 또 모두인 것입니다.

인간은 하늘로부터 위대한 능력을 상속받았고 한없는 사랑을 받을 수 있게 태어났습니다. 스스로를 치유할 수 있고 타인까지도 치유할 수 있으며 자신의 인생과 인연들 그리고 운명까지도 더욱 긍정적인 방향으로 선택할 수 있는 능력까지 선물로 받고 태어났습니다. 하지만 지금 우리들은 이 소중한 선물을 망각하고 살아가고 있습니다. 현대인들은 사소한 병, 쉽게 나을 수 있는 병까지도 약을 먹고 주사를 맞는 것이 습관화되어 가고 있으며 자신이 가지고 있는 이 신비한 감각과 육체 그리고 정신적 능력을 잃어버렸습니다. 활인선법(活人仙法)은 바로 이러한 인간 본연의 능력을 회복해 더욱 행복해지고 건강해지며 자연과 함께 하기 위한 비법(秘法)이라 할 수 있습니다.

물질 문명의 발달과 함께 인간의 삶은 더욱 복잡해지고 빠르게 변화하고 있습니다. 이러한 물질 문명의 발달은 우리에게 많은 혜택을 주는 것만큼이나 또 우리에게 많은 장애를 가져다 주고 있습니다. 문명의 급격한 변화가 만든 지구 환경의 변화는 우리와 함께 하는 자연의 많은 생명체들을 힘들게 하고 병들게 하고 있으며 마찬가지로 사람에게도 많은 문제들과 병을 가져다 주고 있습니다. 활인선법은 이러한 문제들을 해결하는 데 도움을 줄 수 있도록 만든 사랑의 치유법으로 잃어버렸던 인간의 자연 치유 능력과 자연과의 교감을 회복시키는 하나의 혁명적인 운동법이라 할 수 있을 것입니다.

6. 생활 속에서 건강하게 사는 법

지금은 심신의 건강을 위해 많은 사람들이 기(氣)나 명상, 요가 등을 수련하고 즐기고 있으며 대중화되어 가고 있습니다. 활인선법(活人仙法) 수행은 수련을 통해 기(氣)를 가득 모으는 것이 아니라 자연의 흐름에 맞추어 따르는 것으로 몸과 마음이 자연과 하나가 되는 것입니다. 그리하여 그 흐름을 느끼며 열린 마음과 자연스런 생활 태도를 통하여 언어를 초월해 인간과 자연이 진실로 함께 웃고 즐기며 소통하는 것이 그 원리입니다.

자연에도 일정한 주기(週期)가 존재하듯 우리 몸에도 일정한 주기가 존재합니다. 만약 몸의 순환에 이상이 생기면 건강한 삶을 살아갈 수 없게 됩니다. 그럼으로 활인선법은 자연의 법칙에 따라 몸에 바른 순환을 유지할 수 있도록 수행하는 것이 바람직하다 할 수 있습니다. 이러한 수행을 통해 우리 몸의 맑은 기운이 인체 내외의 기와 조화를 이룸으로써 몸과 마음이 하나가 되는 것입니다. 이러한 수행은 심신의 긴장 완화와 진기 촉진, 인격 수양, 지력과 자아 능력 개발 등 우리에게 긍정적인 영향을 끼칠 수 있습니다.

활인선법은 우리 몸의 각 신체와 장기에 안정된 진동을 주고 유지할 수 있게 해 줌으로써 몸의 리듬감을 회복시켜 자연스럽게 기혈을 돌게 합니다. 더 나아가 자기를 치유하고 타인까지도 치유할 수 있게 하는 하나의 자연 치유 운동법이며, 사회 치유 운동법이라 할 수 있습니다. 우리의 몸과 마음이 좋은 리듬을 가진 아름다운 음악이 될 수 있도록 해서 밝은 사회를 만드는 것이 활인선법의 기본 취지라 할 수 있습니다.

이러한 활인선법을 아직은 많은 사람들이 접하지 못했고, 접했다 하더라도 믿음을 갖지 않았기 때문에 너무 쉽게 생각하고 방치해 버리는 사람들이 더러 있습니다. 이 힘이란 게 쉽게 보이거나 만져지지 않을 뿐만 아니라 냄새 또한 없는 것이기에 그러하다 할 수 있습니다. 그러나 스스로 믿음을 갖고 마음의 눈을 뜨면 보일 것이고 만져질 것이며 영혼의 향기 또한 느낄 수 있을 것입니다. 만약 한 마리의 사냥개가 토끼 한 마리를 보고 쫓는다면 그 사냥개를 보고 무작정 달린 100마리의 사냥개들은 대부분은 쫓다 지쳐 포기하게 됩니다. 그 중 처음 토끼를 본 사냥개와 그것을 믿고 마지막까지 인내를 가지고 쫓은 사냥개들만이 토끼를 잡을 수 있듯이 영혼을 찾는 수행 또한 그러합니다. 기운을 느껴 보고 믿고 인내심을 가지고 꾸준히 수행한 사람에게는 삶의 진정한 행복을 찾을 수 있는 날이 꼭 올 것입니다.

　활인선법에서 말하는 힘은 사랑입니다. 이 힘은 보이지도 만질 수도 없지만 그 사랑이란 힘은 우리를 아름답게 하고 밝게 하며 용기와 말할 수 없는 힘을 줍니다. 자신을 사랑하고 또 타인을 사랑하고 함께 하려 하는 자연의 본질이 바로 활인선법의 힘입니다. 과도한 사랑은 독선이 되고 상대를 해합니다. 우리가 이 힘을 얻기 위해선 먼저 중용의 덕을 갖출 필요가 있습니다. 이 힘이란 넘쳐서도 모자라서도 안 되는 것이기에 수행자들은 이것을 잊지 말아야 합니다. 진정한 자신감은 낮출 수 있는 여유와 사랑하는 마음이란 것 또한 잊지 말아야만 할 것입니다.

2장

·

마음을 다스려야 삶이 치유된다

1. 마음을 바로 보는 눈

우리의 마음은 무척 깊고 넓어서 마치 바다와도 같습니다. 그리고 그 깊숙한 곳에는 우리의 영혼이 있습니다. 하지만 우리는 그 심연을 바라보고 있진 않습니다. 우리는 물 바깥에 투영되어 비치는 세상을 바라볼 뿐입니다. 우리는 먼저 우리가 보고 듣는 모든 것들마저도 마음을 통해 비치는 잔상들일 수 있다는 것을 의심해 보아야 합니다. 그리고 자신이 알고 있는 모든 것들에 관한 맹신을 버릴 수 있어야 합니다. 그렇지 않으면 우리는 잘못된 믿음에서 영원히 벗어날 수 없을 것이고 실재하는 것을 볼 수 없을 것입니다.

우리는 사물을 볼 때 여러 가지 지식과 감각들을 사용해서 그 사물이 가지고 있는 실체를 파악하고 판단하게 됩니다. 이렇게 함으로써 발생할 수 있는 문제를 최소화하고 잘못된 실수를 반복하지 않을 수 있게 됩니다. 사람에 따라 사물을 객관적인 눈을 가지고 자세히 관찰하고 파악함으로써 결론을 이끌어 내는 사람이 있고 또 직관적인 감각으로 결론을 빠르게 이끌어 내는 사람이 있습니다. 사물을 관찰하는 데 있어서 이러한 방식들은 모두 그 상황에 따라 적절한 필요성을 갖게 됩니다. 그러나 사물을 보는 데 있어서 그 사고가 지극히 주관적일 경우, 여러 가지 문제점이 발생하게 됩니다.

사물을 보는 데 있어서 우리는 직관적이든 객관적이든 또는 지극히 주관적이든 간에 어느 정도는 과거의 기억들을 통해서 그 정보를 얻게 됩니다. 과거의 기억들이 긍정적인 영향을 줄 경우, 그것은 우리에게 좋은 정보와 교훈을 줄 뿐 아니라 좀더 발전할 수 있게 하고 잘못된 실수를 다시 반복하지 않게 합니다. 하지만 과거의 기억들 속에 문제가 되는 것들이 있습니다. 그것은 잘못 틀어박혀 마음을 닫게 만들어 버리는 자기중심적이고 망상적인 생각들과 아직 씻지 못한 상처들입니다. 이러한 것들은 우리가 사물과 사람의 실체를 바로 볼 수 없게 함으로써 바른 선택과 판단을 할 수 없도록 우리의 눈을 어둡게 만듭니다.

우리가 만약 주관적인 기억과 정보만을 가지고 모든 것을 판단하려고 한다면 아직 미처 사물의 실체가 드러나기도 전에 먼저 자신의 기준과 생각만으로 모든 것을 단정지어 버리는 잘못을 범할수가 있습니다. 이렇게 되면 우리는 우리 스스로가 자신을 속이게 되는 우스운 결과를 만들게 되는 것입니다. 그리고 만약 우리가 우리 자신이 만들어 낸 이 거짓말을 믿고 맹신하게 된다면 자신뿐 아니라 주변 사람들에게까지도 문제를 일으키는 심각한 결과를 만들어 낼 수 있게 됩니다.

만약 당신이 잘못된 관념에 사로잡혀 있다면 열린 마음으로 세상을 볼 수 없게 됩니다. 결국 마음이 닫혀 있으면 세상과의 소통도 닫혀 있게 되는 것입니다. 또 한 가지 우리가 잘 모르고 지나치는 아주 중요한 것이 하나 있습니다. 그것은 마음이 닫혀 있으면 몸의 순환도 잘 되지 않고 닫혀 있다는 것입니다. 결국 굳어 버리고 닫힌 마음은 나와 타인뿐 아니라 내 몸과 마음과의 관계도 굳게 만들고 닫아 버리게 합니다. 몸이 아프다고 이곳저곳 약만 찾으러 다니지 말고 먼저 내 마음에 어느 구석이 딱딱하게 굳어 있는지 두루두루 살펴보고 찾아봐야 하는 것입니다.

실재하는 것을 바르게 보기 위해서는 먼저 우리의 마음을 바로 보는 눈을 가져야 합니다. 내가 생각하는 것과 실재하는 것이 항상 같을 수 없다는 것을 인지하고 먼저 지금까지 가지고 있던 생각을 바탕으로 사물이나 사람을 보던 습관들을 조금씩 고쳐 보길

권합니다. 그리고 다시 실재하는 자신과 세상을 객관적으로 바라
보는 눈을 갖도록 노력하십시오. 이렇게 천천히 나와 세상을 관찰
하고 나서 다시 자신의 마음을 바라보고 또 귀 기울여 보면 마음
은 비로소 투명해질 것이고 진실을 말하기 시작할 것입니다. 이
때부터 당신은 자신의 마음을 투명하게 들여다볼 수 있을 것이고
세상을 있는 그대로 바라볼 수 있게 될 것입니다.

　우리는 마음에 남아 있는 찌꺼기들을 미련 없이 버리지 못하고
움켜쥠으로써 자신과 세상을 바로 보지 못하고 있습니다. 이렇게
해서 우리는 우리 스스로를 참된 나와 세상으로부터 분리시켰습
니다. 그리고는 심각하게 찡그린 얼굴을 하고서 자기 자신과 세상
을 바라보고 있습니다. 우리는 이제 그만 마음의 문을 열고 밖으
로 나가 세상과 함께 뛰어놀아야 합니다. 잠시라도 나를 불편하게
하는 거짓과 가식을 내려놓고, 대단한 것 같지만 별 볼일 없는 나
라는 존재도 잠시만 내려놓으십시오. 지금 우리에게 필요한 것은
그냥 잠시라도 자신을 가만히 내버려 두는 것뿐입니다. 잠시라도
좋습니다. 두 팔을 펼치고 가슴으로 느끼십시오. 내 품에 안긴 내
안의 소중한 것들을 다시 느껴 보십시오.

우리 중 많은 사람들은 자신의 이기적인 욕심이나 상처가 만들어 낸 가짜 세상에 빠져 실재하는 자기 자신과 세상까지도 바라보질 못하고 있습니다. 하지만 지금 마음 깊은 곳에선 누군가가 항상 우리에게 외치고 있습니다. 어서 고개를 돌려 세상과 자신을 바라보라고 말입니다.

2. 생각을 정리하는 습관

디지털 기술의 발달로 요즘은 컴퓨터나 휴대폰 등을 접하면서 현대인들의 기억력이 점점 약화되어 가고 있다고 합니다. 요즘 같은 정보화 시대에 살면서 시대에 뒤처진다는 것은 우리에게 사회의 낙오자가 될 수 있다는 불안감을 주기도 합니다. 하지만 우리가 우리 자신이 가지고 있는 인간 본연의 능력을 상실하고 기계에 의존된 삶을 살게 된다면 아무리 편하고 좋은 기술들이 우리 주변에 있다 하더라도 이것은 이미 우리 자신의 것이 아닙니다. 이러한 상황은 우리가 기술을 이용하는 것이 아니라 기술에 이끌려 다닐 수밖에 없는 상황을 만들게 될 것입니다. 결국 우리는 자신이 만든 기술에 지배당하게 되는 뒤바뀐 상황이 되어 이 기술의 노예로 전락하게 될 수도 있습니다.

정보화 시대의 기술의 발달로 우리는 모든 정보를 자신의 머리와 몸에 저장하던 시대에서 이제는 우리 외부의 첨단화된 기계들 속에 저장하는 습관들이 새롭게 생겨나고 있습니다. 그래서 요즘은 내비게이션이 없으면 만날 다니던 길도 잘 생각나지 않아 헤매게 되는 경우도 있고, 핸드폰을 찾지 않으면 가까운 사람의 전화

번호도 잘 기억나지 않아 고생하게 되는 경우도 있습니다. 하지만 우리는 알게 모르게 수많은 정보들을 우리의 머리뿐 아니라 우리의 몸에도 저장하고 처리하는 능력이 있습니다. 그러나 우리가 기계에 너무 의존함으로써 이런 인간 본연의 능력들이 떨어지게 되면 우리는 자신의 몸과 마음으로부터 더 멀어지게 될 뿐 아니라 더욱 심각한 경우 몸과 마음에 연결고리가 끊기게 되어 우리 자신의 몸과 마음을 통제할 수 없는 상황에까지 이르게 됩니다.

우리는 몸과 마음이 하나로 연결되어 있는 생명체입니다. 인공지능 로봇처럼 컴퓨터가 통제하지 않고는 제대로 움직일 수 없는 로봇의 몸체와 같이 우리의 몸과 마음도 몸 따로, 마음 따로 분리되어서는 제 기능을 다 할 수 없는 것입니다. 그런데 만약 우리가 자꾸 우리의 뇌가 처리해야 할 기본적인 것들마저 기계에 맡기게 된다면 우리는 의식을 맑게 가질 수 없게 되고 또 무의식적으로 행동하게 됩니다. 이렇게 되면 의식이 무의식을 통제하는 기능이 점점 약해질 수밖에 없게 되고, 우리가 우리 자신을 통제하는 것이 더 어려워지게 됩니다. 의식이 이성적이라면 무의식은 본능적인 것입니다. 우리는 이성과 본능을 적절히 잘 조화시킬 줄 알아야 합니다. 우리가 자꾸 생활의 편의를 위해 우리의 의식을 사용하지 않고 생각 없이 본능에 이끌려 살려고 한다면 우리는 첨단

과학을 통해서 다시 과거로 돌아가는 모순된 역행을 하게 될 것입니다.

우리가 정신을 똑바로 차리지 않고 다른 사람 또는 기계에게 모든 것을 의존하고 멍하니 있게 된다면 우리의 몸은 부모를 잃고 거리에 버려진 아무것도 모르는 갓난아기의 신세나 다름없게 되는 것입니다. 이 아기는 아무것도 없이 텅 비어 있기 때문에 그 무엇에도 물들 수 있습니다. 우리의 몸은 자연 그 자체이고 생명을 가진 순수한 물질입니다. 이것은 신이 우리에게 준 것이고 우리는 이것을 잘 키우고 가꿔 나갈 의무가 있습니다. 자연 속에 있는 모든 만물은 자연이 가지고 있는 의식을 통해 아무런 문제 없이 자라고 성장할 수 있습니다. 그러나 자연으로부터 분리되어 나온 인간은 스스로의 의식을 통해서 자신을 키우고 성장시켜야만 합니다. 만약 우리가 우리의 의식을 통제하지 못하고 멍하니 있거나 삐뚤어져 버린다면 우리의 몸과 마음, 그리고 인생까지도 방향을 잃어 자연스럽게 흘러갈 수가 없을 것입니다.

우리가 의식을 놓아 버리고 자꾸 정신 없이 살게 되면 뇌가 처리하지 못한 정보들은 우리의 몸과 마음에 무의식으로 남아 쌓이게 되고, 이렇게 남은 무의식의 것들 중 문제가 되는 것들이 나중에 우리의 몸과 마음에 문제를 일으키는 원인이 될 수도 있습니다. 그래서 우리의 스승들은 항상 우리가 의식적으로 살아야 한다고 말했고 각성하고 있어야 한다고 말했던 것입니다. 자신의 몸과 마음을 제대로 알고 또 수없이 들어오는 외부의 정보들을 잘 처리하기 위해선 항상 자신을 돌아보는 습관을 갖는 것이 중요합니다. 자주 자신의 생각을 메모 등을 통해 정리하고 꼭 기억해야 할 것들은 잊지 말고 기억했다가 바로바로 처리하도록 하십시오. 그리고 적당한 운동과 휴식을 취하는 것, 음식을 바르게 먹어 충분한 영양소를 섭취하는 것 등 우리의 의식과 몸이 건강하게 조화를 이룰 수 있도록 관리하는 것도 잊지 말아야 하겠습니다.

하지만 우리가 인간 본연의 능력을 회복하고 의식과 무의식이 조화된 삶을 살기 위해 우리에게 지금 필요한 이 문명의 이기들을 다 포기하고 다시 과거로 돌아갈 필요는 없습니다. 우리가 이 시대를 살아가기 위해서는 필요한 정보와 지식을 습득하고 이용하는 것 또한 중요한 것이기 때문입니다. 다만 우리가 사용하는 문명의 이기들이 우리에게 해가 되지 않도록 적절한 범위 내에서 사용할 수 있도록 자신을 통제하고 관리하는 것이 중요하다 하겠습니다.

사실 우리가 생각하는 심각한 문제라는 것들을 풀 수 있는 방법은 어쩌면 더 심각한 것이 아니라 우리 일상의 평범하고 단순한 것들 속에 있는 것일지도 모릅니다. 작은 것을 깨닫게 되면 큰 것을 볼 수 있게 되고 큰 것을 깨닫게 되면 작은 것을 볼 수 있게 됩니다. 결국 모든 것이 하나라는 것을 볼 수 있게 되는 것입니다. 우리가 일상의 작은 것들에 대해 세심한 관심과 사랑을 갖게 된다면 우리는 깨닫게 될 것입니다. 평범한 것이 우리에게 가장 큰 행복을 줄 수 있는 가장 소중한 것이라는 것을 말입니다.

3. 마음을 닦고 지키는 법

마음을 닦는 과정이란 우리 안에 있는 영이 건강하고 쾌적한 삶을 살기 위해 영이 머무르는 집을 청소하는 것과도 같습니다. 집안에 아무리 좋은 것과 새로운 것들을 가져다 놓는다 해도 그것이 쌓이게 되면 결국 먼지가 앉고 또 그러한 것들을 정리하지 않고 그냥 내버려 두면 어느 순간 이것들을 다 어떻게 해야 할지 모를 만큼 지저분하고 어지럽게 되어 버립니다. 일이 이렇게까지 된 경우 우리는 어떻게 상황을 풀어 나가야 할지 몰라 당황해하거나 포기해 버리고 거기에 안착해 될 대로 되라는 식으로 살 수도 있습니다.

마음을 닦는 과정이란 이렇게 집을 청소하고 가꾸는 것과도 같습니다. 청소를 하고 나면 기분이 상쾌해지고 좋아집니다. 하지만 또 시간이 지나면 집은 또다시 어지럽혀지고 지저분해집니다. 그렇다면 왜 집안 정리는 해야 하며 이런 끝없는 일을 계속해야 할까요? 깨끗한 환경에 살아야 몸에도 좋고 정신 건강에도 좋기 때문입니다. 이렇게 생각해 봅시다. 처음 청소를 시작하면 한도 끝도 없게 느껴지고 어디서 어떻게 시작해야 할지 난감합니다. 하지만 청소도 계속하게 되면 요령이 생기고 익숙해지게 되면 좀더 빠르게 또는 효과적인 나름의 방법을 찾게 됩니다. 가끔은 덜 어질러지게 하는 방법, 또는 쓴 물건을 제자리에 놓는 방법도 터득하게 됩니다. 마음을 닦는 것도 이와 같다고 생각합니다. 한도 끝도, 밑도 끝도 없이 느껴지겠지만 언젠간 익숙해지고 더 빠른 방법으로 본인의 마음을 닦을 수 있게 됩니다.

마음을 닦는 것을 집을 잘 가꾸는 것이라 생각하며 항상 집안을 잘 들여다보시길 바랍니다. 집 안에 채워야 할 것이 있으면 채우고 또 버려야 할 것은 버려야 합니다. 잘 지워지지 않는 얼룩이 있다고 닦는 것을 포기하지 말고 참고 열심히 닦다 보면 결국 깨끗해질 것입니다. 내 영혼의 집은 꼭 내 스스로가 닦아야 합니다. 집이 너무 심하게 어질러져 있어 도저히 혼자는 어떻게 할 수 없을 때는 다른 사람의 도움이 필요할 수도 있겠지만 어느 정도 정리가 끝났다면 이 때부터는 스스로 알아서 해야 하는 것입니다. 만약 자신의 마음 닦는 일을 평생 다른 사람에게 맡겨 버리게 된다면 그것은 자신의 영혼을 다른 사람에게 맡긴 것이나 다름없습니다. 이렇게 되면 영혼은 더 이상 자신의 것이 아닌 것이 되고 자유로울 수 없게 됩니다. 당신 스스로가 속박을 원한다면 그렇게 하십시오. 그것도 다 당신의 자유이니까 말입니다.

우리가 우리의 영혼이 머무르는 곳을 우리의 마음이라 하고 그 마음을 영혼이 사는 집이라고 했습니다. 마음을 닦는 것을 집을 잘 정리하고 가꾸는 것이라고 한다면 또 한 가지 중요한 것이 있습니다. 그것은 우리 영이 머무르는 집을 잘 지키는 것입니다. 잘못된 정보를 가지고 우리의 마음을 어지럽게 하는 거짓된 것들이 당신 마음의 문을 두드릴 때마다 당신은 그것을 잘 판단하고 문을 걸어 잠가야 합니다. 만약 이 도둑이 이미 당신 집에 들어왔다면 싸워서 이겨 내 내쫓아야만 합니다. 그렇지 않으면 결국 이 도둑이 당신의 영을 몰아 내고 당신 집에 주인 노릇을 하게 될 것이기 때문입니다.

항상 자신의 집을 잘 들여다보고 깨끗이 닦고 또 정리하십시오. 집의 담장을 튼튼히 하고 문의 자물쇠를 확인하십시오. 그리고 도둑과 친구를 잘 구별해서 마음의 문을 열어야 할 때는 활짝 열고 또 닫아야 할 때는 단단히 걸어 잠그십시오. 당신의 영은 세상에서 가장 귀한 보물입니다. 우리가 자신 안에 있는 영을 통하지 않고서는 신의 음성을 들을 수 없습니다. 마음을 비우고 고요 속에 머무르십시오. 가장 고귀한 음성은 오직 침묵 속에 있습니다.

4. 마음을 전하는 법

최근에 아주 재미있는 뉴스 기사를 접하게 됐습니다. 기사의 제목은 '만병통치 생명수'라는 현직 유명 의대 교수의 17억대 사기극이었습니다. 이 의대 교수는 국내에서 '물 박사'로 유명세를 탄 교수랍니다. 그 이론이 참 의미심장하지 않을 수 없어서 관심 있게 봤습니다. 거기다 이 교수는 자신의 과학이 아직 현대 과학의 이론으로 입증되지 않는 부분이 있는 것은 사실이고 논란의 여지는 있지만, 그가 만든 이 '만병통치 생명수'를 먹고 피해를 본 사람은 없다며 혐의를 부인했다고 합니다.

생명수를 만드는 기계는 이렇습니다. 기계 장치 한 쪽에 암이나 난치병 치료제의 정보가 저장돼 있다는 비디오테이프를 넣고 다른 한 쪽에는 세라믹 볼을 올려놓습니다. 스위치를 누르면 전기 신호를 이용해 테이프에 저장된 정보가 세라믹 볼로 옮겨집니다. 그리고 이 세라믹 볼을 다시 물에 담그면 이 물은 세라믹 볼에 정보를 받아 '만병통치 생명수'로 거듭납니다. 하지만 애석하게도 이 '생명수'는 너무 탁해서 마시는 물로도 부적합하다는 판정까지 받았습니다.

하지만 이 이론이 정말 현실화되어서 이런 기계가 만들어졌다면 이 의대 교수라는 분에게는 노벨 의학상뿐 아니라 평화상까지도 드려야 했을 것입니다. 한 물질에 있는 좋은 정보가 다른 물질에게 긍정적인 영향을 끼쳐 계속 전도시킬 수 있다면 이것은 이 세상에 유토피아가 찾아온 것입니다.

이 기사를 보고 바로 떠오른 책은 에모토마사루의 <물은 답을 알고 있다>였습니다. 이 책에는 좋은 말을 들려 준 물의 아름다운 결정체 사진들과 나쁜 말을 들려 준 일그러진 물의 결정체 사진들이 나옵니다. 물이 말의 파동을 통해 그 마음을 전달받아 변하는 모습을 보여 준 이 책과 최근에 '생명수 사기극' 기사는 우리에게 시사하는 바가 크다 생각합니다.

모든 만물은 마음을 느낄 수 있고 그 마음을 전할 수 있습니다.

그 기계의 이론이 문제가 아닙니다. 만약 그 의대 교수님이 기계를 만들기 전 그 마음 바탕에 사랑이 깔려 있었다면 아마도 이런 엉터리 기계를 만들지도 않았을 것입니다. 설사 만들었다 해도 그 마음이 순수했다면 물은 적어도 마시지 못할 만큼 탁해지지는 않았을 것입니다. 모든 것은 다 눈에 보이는 것만 쫓는 어리석은 마음과 욕심이 만들어 낸 자승자박(自繩自縛)의 결과일 뿐입니다.

모든 일에는 그 근본에 깔린 마음이 중요합니다. 가장 깊은 곳에서 사랑이 나오지 않는다면 그 어떤 것도 타인을 이롭게 할 수 있는 힘이 나오지 않습니다. 기운을 이용해 몸과 마음을 치유하는 것도 그렇습니다. 자신을 사랑하되 자신을 내세워서는 진정한 치유의 효과를 얻을 수 없기 때문입니다. 결국 그 의대 교수와 환자들이 찾던 바로 그 기적의 '생명수'라는 것은 어쩌면 우리 마음 속 깊은 곳에 있는 사랑일지도 모릅니다.

5. 말이 가지고 있는 힘

불교에서 쓰는 화두 중에 '한 손으로 치는 박수 소리'라는 것이 있습니다. 도대체 한 손으로 박수를 치면 무슨 소리가 나는지, 그 말은 또 무슨 뜻인지, 무슨 수수께끼 같기도 하고, 사람을 참 어렵게도 만듭니다. 하지만 이렇게 짧은 말 한 마디로도 깨우침을 줄 수 있다는 것을 생각하면 참 경이로울 뿐입니다. 어려운 말은 머리에 쏙쏙 들어오지도 않고 단번에 깨우치기도 어렵습니다. 그래서 오랜 시간 사유를 통해 체험하지 않고서는 그 뜻을 알기가 참으로 어렵습니다. 하지만 이렇게 알 수 없는 말 한 마디에는 그 나름의 깊은 뜻이 숨어 있는 것 같습니다. 어렵고 힘든 과정을 통해 깨우친 것들은 우리의 마음뿐 아니라 몸 속 깊은 곳까지 파고들어 교훈을 남기게 됩니다. 그리고 마음 속 깊은 곳에 남아 세상을 보는 눈을 더 밝게 해 줍니다.

손뼉도 마주쳐야 소리가 나는 것처럼 질문이 있으면 답도 따라와야 합니다. 그 답이 맞을 수도 있고 틀릴 수도 있습니다. 그리고 이렇게 이치적으로 따져들고 보면 한 손으로 치는 손뼉 소리는 없습니다. 뭐 한 쪽 손이 없는 사람이 치는 손뼉 소리도 있다고 말할 수도 있겠지만 허공을 가르는 나지도 않는 소리를 있다고 말할 수도 없는 것입니다. 결국 손뼉은 한 사람이 치건 두 사람이 치건 마주보는 다른 한 쪽이 있어야 소리가 날 수 있습니다. 이치적으로 보면 이렇게 간단하게 말로 설명할 수도 있지만 말의 한계로는 모든 것을 다 설명하고 이해할 수가 없습니다. 결국 인간의 사유를 통한 이치로 세상 모든 것을 다 설명하려들지 말고 항상 아무것도 모른다는 겸허한 자세를 가지라는 말이 아닐까 하는 생각이 듭니다.

우리는 서로가 접촉을 통해 상호 작용을 할 수도 있고 그 공간을 확장할 수도 있습니다. 우리의 두 손은 악수를 하거나 박수 소리를 내어 격려와 사랑을 전하여 울려 퍼지게 할 수도 있고 상대를 때리거나 욕을 할 수도 있습니다. 이렇게 우리의 감정을 상대에게 전달하고 널리 알릴 수 있는 것들은 많이 있습니다. 그 중 가장 대표적인 수단이 우리가 가끔씩 아무렇지도 않게 내뱉어 버리는 말이 될 수도 있습니다. 그 말이 어려운 말이 되었든 쉬운 말이 되었든 중요한 것은 그 말에 우리가 어떤 감정을 넣느냐 하는 것입니다. 쓰디쓴 약과 같은 말에 사랑을 넣을 수도 있고 달콤한 사탕 같은 말에 저주를 넣을 수도 있습니다. 사실 그 의도를 짐작하는 것은 참으로 어렵습니다. 그래서 더욱 비움의 중요함을 느낍니다. 말

하지 않고도 서로의 마음을 알고 전할 수 있는 것은 오직 아무것
도 바라지 않는 사랑밖에는 없는 것 같습니다.

우리가 조금만 관심을 기울이면 세상 이 곳 저 곳에서 들리는 아
름다운 소리를 들을 수 있습니다. 아무 생각 없이 흐르는 물 소리,
바람 소리, 새 소리 등등 자연에 모든 것들은 서로 조화를 이루며
그렇게 천상의 소리들로 음악을 연주하고 있습니다. 그리고 이 음
악의 주제는 항상 사랑이 됩니다. 사람의 말 속에는 항상 모순이
존재합니다. 그러나 그것을 초월하는 것은 내 영혼의 언어입니다.
영혼으로 들으십시오.

3장

●

관계 회복은 서로를 치유하는 길

1. 새로운 관계를 위해

사람이 동물과 구별되는 것은 자신을 인식할 수 있다는 것입니다. 하지만 침팬지 같은 유인원들도 자기 자신을 인식할 수는 있다고 합니다. 그러나 인간이 다른 동물과 구별되는 특별한 인식 능력은 자신만을 인식하는 것이 아니라 타인을 인식하고 그 타인이 어떤 생각을 하는지 무엇을 원하는지를 예측하고 상상할 수 있다는 것입니다. 이렇게 교감을 구체화할 수 있는 능력을 통해 인간과 인간이 관계를 맺고 그러한 관계들이 사회를 구성하게 만들었을 것입니다. 이렇게 만들어진 인간 관계를 통해 자연 속에서 가장 연약한 존재인 인간이 창조의 능력을 가지고 문명을 이룰 수 있었을 것입니다.

자연 속에서 한없이 연약한 존재인 인간은 고립과 외로움을 두려워할 수밖에 없는 존재입니다. 그리고 이 두려움을 극복하기 위해서 인간은 관계를 선택했습니다. 관계를 맺고 서로 소통하기 위한 수단으로 더 발전된 것이 몸짓이나 소리 같은 단순한 것이었고 이런 것들이 지금의 언어와 문자 체계가 되었습니다. 이렇게 서로의 생각과 느낌을 교감함으로써 인간은 자연 속에서 고립된 외로움과 두려움을 극복할 수 있었을 것입니다. 하지만 우리 인류가 이룩한 이 문명도 결국은 사람과 사람 간의 교감을 위해 조금 더 세련되게 발전되어졌을 뿐 그 원래의 순수한 힘이 바뀐 것은 아닐 것입니다.

이렇게 외로움과 두려움을 극복하고 서로를 돕기 위해 형성된 관계 속에서도 인간은 자신의 쾌락을 추구하게 됩니다. 인간은 관계를 통해 자신을 바라보는 특징을 가지고 있습니다. 물에 비친 자신의 모습에 반해 한 발짝도 떠나지 못하고 결국 물에 빠져 죽고 말았다는 그리스 신화의 나르키소스처럼 인간은 관계를 통해서도 자기애(自己愛)에 대한 쾌락을 추구하게 됩니다. 인간은 관계 속에서 타인을 잘 들여다보지 않습니다. 오직 자기 자신을 들여다볼 뿐입니다. 그리고 관계 속에서 오직 자신만의 쾌락을 얻으려고 합니다.

관계 속에서 문제가 되는 것은 쾌락을 추구하는 것이 아닙니다. 순수한 아이들처럼 놀고 싶고 즐기고 싶은 것은 문제될 것이 없습니다. 문제는 자신밖에 모르는 이기심에서 나오는 순수하지 못한 것들입니다. 인간이 동물과 다른 것은 자신만을 인식하는 것이 아니라 타인을 인식할 수 있다는 것입니다. 하지만 이기심으로 가득 찬 인간은 타인뿐 아니라 자기 자신마저도 제대로 들여다볼 수가 없습니다. 모든 것을 순수한 마음으로 바라보지 못하면 그냥 있는 그대로를 볼 수가 없습니다. 이렇게 되면 자신이 믿고자 하는 것만 믿고 보고자 하는 것만 보는 편협한 인간이 될 수밖에 없습니다. 그리고 그 결말은 자기 자신에게 빠져 다시 고립되고 외로움에 빠지게 되는 것입니다.

우리는 이제 다시 시작해야 합니다. 관계를 새롭게 맺어야 합니다. 관계는 인간이 고립으로부터 벗어나 함께 하고 두려움을 극복하기 위해 순수한 교감과 사랑으로부터 시작되었습니다. 만약 관계가 자신을 위해 남을 이용하려는 목적에 의해 맺어진다면 그러한 관계 속에서는 집착과 의존으로 갈등이 계속될 수밖에 없습니다. 그 속에는 사랑이 없습니다. 그 속에는 껍데기뿐인 소유와 욕망만이 있을 뿐입니다. 우리는 이제 자신의 이기적인 쾌락을 위해 상대를 바라보는 것을 멈춰야 합니다. 그리고 상대를 지금 있는 그대로 바라보아야 합니다.

2. 함께 할 수 있는 공통의 것들

불교에서는 '색즉시공공즉시색(色卽是空空卽是色)' 있는 게 없는 것이고 없는 게 있는 것이라고 말합니다. 그리고 유교의 성리학에서도 '무극이태극(無極而太極)'이란 말로 절대적인 무(無)는 절대적인 유(有)와 같다고 말합니다. 물리학에서도 최소 단위를 원자로 놓고 보았을 때 원자란 가운데 아주 작은 핵이 있을 뿐이고 그 주위는 텅 비어 있다고 합니다. 우리가 물 샐 틈 없이 꽉 찬 물질이라고 보았던 것들에 대해 물리학은 그것이 어떠한 보이지 않는 기운으로 가득한 비어 있는 공간임을 말해 주고 있습니다.

우리도 비어 있고 모든 물질들도 다 비어 있다면 세상 만물은 텅 빈 가운데 존재한다는 말이 됩니다. 마치 세상은 우리 눈에 보이는 것처럼 실존하는 것이 아니라 어쩌면 우리 마음 속에 생각과 상상의 부산물 덩어리들일지도 모릅니다. 그렇다면 이렇게 아무것도 없는 텅 빈 공간 속에서 우리를 어지럽게 하는 것은 무엇일까 하고 생각해 보게 됩니다. 그리고 그것은 바로 우리의 마음 표면에서 찰나를 반복하며 어지럽게 움직이고 있는 분별하고 나누려 하는 마음이 아닐까 하고 생각해 봅니다.

분별하려는 마음은 무엇이든 나누려고만 하는 특성 때문에 우리를 잠시도 가만 두질 않습니다. 그래서 우리는 어쩔 수 없이 항상 갈등과 해소를 반복하게 되고 흑과 백의 투쟁으로 심신이 괴롭고 지칠 수밖에 없습니다. 하지만 우리의 본성은 비어 있는 곳으로부터 나온 사랑 그 자체입니다. 이러한 사랑은 그 무엇도 바라지 않는 절대적인 것이기 때문에 그 어떤 상대적인 것도 존재할 수 없고 분별할 수도 없는 것입니다.

어떻게 보면 불교와 유교에서 말하는 '있는 게 없는 것이고 없는 게 있는 것'이란 말도 어찌 보면 '사랑은 아무것도 바라지 않는 것이고 아무것도 바라지 않는 것이 사랑이다'라는 말과 같은 의미일지도 모릅니다. 이렇게 본다면 이 세상은 순수한 사랑으로 가득 차 있다고 볼 수도 있을 것입니다. 우리는 이 보이지 않는 사랑으로 가득 찬 공간 속에 있는 사랑 그 자체이며 모든 세상 만물도 다 사랑입니다. 그리고 우리가 함께 하는 이 공간을 어떻게 만들고 꾸며 나갈지도 결국은 우리들 각자가 자신의 마음 깊은 곳에서 어떻게 사랑의 힘을 찾느냐에 따라 달려 있을 것입니다.

사랑은 서로 바라보는 것만이 아니라 서로 같은 곳을 바라보는 것이라고 했습니다. 우리가 서로 상대에게 나와 다른 점을 찾고 그것을 사랑하는 것도 중요하겠지만 서로가 함께할 수 있는 공통의 것들을 더 찾으려고 노력하는 것도 중요하겠습니다. 이렇게 한다면 우리는 서로를 더 이해하고 사랑할 수 있을 것입니다.

3. 자연은 우리의 거울

"한 수도사가 숲 속을 지나가고 있었습니다. 그 때 작은 쥐 한 마리가 고양이에게 쫓기는 것을 보고 불쌍히 여겨 쥐를 개로 만들어 주었습니다. 어느 날 수도사가 그 숲속을 지나가는데 전에 쥐에서 개로 만들어 주었던 그 개가 이번에는 범에게 쫓기고 있었습니다. 수도사는 또 불쌍한 마음이 들어 개를 범으로 만들어 주었습니다. 그리고 얼마 지나 숲 속에 왕이 된 그 범은 욕심이 생겼습니다. 수도사만 죽이면 이제 자신에게 대적할 이는 없을 것이기 때문이었습니다. 어느 날 범은 수도사를 죽이려고 달려들었습니다. 그 때 수도사는 범을 다시 쥐로 만들어 버렸고 쥐는 다시 다른 짐승들에게 쫓기는 신세가 되고 말았습니다."

- 출처 미상

우리 조상들은 나라의 어려움이 있거나 큰일이 있을 때 하늘에 기운을 빌려 어려움을 극복하고 도움을 구하는 의식을 행했습니다. 그들은 자연을 사랑하고 경외할 줄 알았습니다. 하지만 인간은 과학과 이성을 통해 인간이 이루어 놓은 것들을 맹목적으로 믿기 시작했습니다. 사실 인간이 이룩한 이 문명도 따지고 보면 신이 자연과 인간에게 선사한 선물이라는 것을 잊어버리고 말입니다. 그리고 마침내는 오만해져서 자신의 몸이 나고 자라서 돌아가야 할 어버이의 몸과 같은 자연에 대적하고 또 정복하고 지배하려하고 있습니다.

지금 사람들의 눈은 바로 볼 수 있는 내면의 눈을 잃어버렸습니다. 이제 자연은 더 이상 어버이의 몸도 아니며 그 깊은 곳에 하늘의 정신이 스며 있다는 것도 망각해 버렸습니다. 지금 인간에게 자연은 야만스럽고 더러운 것이 되었으며 자연을 경외하는 마음은 미개한 미신숭배가 되어 버렸습니다. 인간은 하늘과 땅 바로 대자연의 기운을 통해 몸과 마음의 기운을 얻고 움직이는 생명체입니다. 우리가 자연과 하나라는 것을 망각하고 경각심을 잃는다면 우리는 어떤 식으로든 자연을 통해 그 두려움을 알게 될 것이며 그 경외심을 다시 깨닫게 될 것입니다.

지상의 모든 생명체들은 자연을 닮습니다. 자식이 부모를 닮는 것처럼 말입니다. 자연 환경에 따라 자라나는 동식물의 종도 다르고 인종도 저마다 다릅니다. 그러나 지금의 자연 환경은 급격하게 변화하고 있습니다. 인류가 만든 이 문명의 이기심 때문입니다. 갈수록 자연적인 것은 인공적인 것에 의해 사라져 가고 있고, 자연 파괴로 오는 환경 오염 또한 심각한 상태에 이르렀습니다. 앞으로 만약 인류가 지금과 같이 파괴되어 가는 자연을 닮아 간다면 지금의 인류와는 완전히 다른 새로운 인류가 이 땅에 탄생할 것입니다. 공상 과학 영화에나 나올 듯한 인공적이거나 괴기스러운 존재들이 되지 않는다는 보장도 없을 것입니다.

우리는 자연을 닮아 갑니다. 지금 내 눈 앞에 펼쳐진 자연의 얼굴이 앞으로 우리 인류의 얼굴이 될 거울입니다.

4. 만물과의 교감과 사랑

자연의 법칙과 질서는 이 세상 그 누구도 마음대로 바꿀 수 없는 불변의 법칙입니다. 자연 속에 모든 생명체들은 생존을 위해 서로 먹고 먹혀야 하는 관계를 가지고 있습니다. 이러한 관계를 통해 서로의 개체수가 유지되고 그로부터 생태계의 피라미드가 유지될 수 있습니다. 우리는 이런 생태계의 구조 속에서 먹고 먹히며 서로의 몸을 자신의 몸으로 취하게 됩니다. 이런 자연의 먹이 사슬은 마치 사슬처럼 얽히고설켜서 풀래야 풀 수 없게 되어 있습니다. 그러나 스스로를 멈출 수 없을 만큼 더 많은 것을 계속해서 원하고 있는 우리 인간의 욕심 때문에 이러한 자연의 질서가 무너지고 있고, 우리가 살고 있는 이 지구의 환경이 파괴되어 가고 있습니다.

우리가 어떤 목적을 위해 생태계의 질서를 마음대로 조작하는 것은 지구 환경에 심각한 문제를 만들 수도 있습니다. 우리가 원하는 것을 더 많이 얻기 위해 어떤 특정 생물체의 개체수를 늘리거나 줄이는 것은 생태계의 균형을 무너뜨려 본래 자연이 가지고 있던 질서를 깨고 그 순환을 막아 생태계를 파괴하는 결과를 만들 수도 있습니다. 뿐만 아니라 이렇게 개체수를 조정하는 과정에서 인간이 쓰는 약에 내성을 가진 생물이나 바이러스 등이 등장하게 되면 우리는 더 강한 약을 쓸 수밖에 없을 것이고, 이렇게 되면 내성을 가진 생물이나 바이러스뿐 아니라 다른 생물체들까지도 생존에 위협을 받게 됩니다. 이렇게 우리가 생태계를 인공적으로 조작하는 것은 자연뿐 아니라 우리 인간에게도 결국 같은 문제를 일으킬 수밖에 없습니다. 그것은 우리도 자연의 일부이기 때문이고 자연의 법칙은 그 누구도 피해 갈 수 없기 때문입니다.

유럽인들이 미국에 오기 전에는 미국의 원주민이었던 인디언들은 물소 종류의 하나인 버펄로라는 동물을 먹고 살았습니다. 하지만 인디언들은 자연과 어울려 사는 것이 가장 중요한 것이라 생각했기 때문에 절대 필요 이상의 버펄로를 살생하지 않았고, 필요할 때마다 한 마리씩 죽이되 가죽과 뼈까지 하나도 남기지 않고 사용했다고 합니다. 그들은 자연과 동화되어 사는 것을 가장 중요한 것이라 여겼고, 이 세계는 인간의 것이 아니라고 생각했기 때문입니다. 하지만 유럽에서 많은 사람들이 오게 되었고 그 숫자가 늘어가자, 그들은 인디언들을 몰아 내고 땅을 빼앗고 싶어졌습니다. 그래서 그들은 버펄로를 먹는 인디언들을 발견하고는 버펄로를 없애면 인디언들도 없앨 수 있다고 생각해 버펄로를 마구 죽였습니다. 그로부터 겨우 200년이 지난 지금, 그 자리에는 대지를 마음 껏 뛰놀던 야생의 버펄로도, 인디언도 더 이상 존재하지 않습니다.

우리 인류가 이렇게 문명을 창조하고 지금까지 살아남을 수 있었던 것은 아마도 사람과 사람 사이의 관계를 유지하고 공생할 수 있게 하는 사회가 있었기 때문일 것입니다. 그리고 또 한 가지는 서로의 이해(利害)를 조절하고 공생하기 위한 인간 사회의 합의를 넘어 자연과 인간이 함께 공생하기 위한 합의가 있었기 때문일 것입니다. 우리가 사는 이 세상은 인간을 위한 것만도 아니며 인간에 의해서 창조된 것도 아니라는 것을 우리 모두는 망각하지 말아야 할 것입니다. 지금 우리가 사는 이 세상은 사람과 자연이 함께 하는 곳이며 그 속에는 인간과 자연이 서로를 존중하고 질서를 지켜 공생해야만 한다는 묵시적 합의가 존재하고 있는 곳이기도 합니다.

이 우주와 지구에 있는 모든 만물은 모두 하나의 의식에 의해 움직이고 있습니다. 특히 자연의 모든 것들은 우주의 의식이 지배하는 법칙과 질서에 따라 움직이고 있는 신성한 존재들입니다. 특히 우리가 생각하기에 그 자체에 의식이 별로 없을 것 같아 보이는 해와 달, 바람과 물, 식물과 동물 같은 것들도 우주와 연결돼 있으면서 순수한 의식을 따르고 있는 소중한 존재들입니다. 우리는 모든 만물을 우리와 똑같이 여기고 존중하며 사랑할 줄 알아야 합니다. 이렇게 하는 것은 신성을 지니고 있으면서도 아직 그것을 미처 깨닫지 못하고 있는 우리 인간에게 자연을 통해 우리가 하나이며 모두가 신성을 품고 있는 소중한 존재라는 것을 깨닫게 해 줄 것이기 때문입니다.

자연은 그냥 말없이 우리를 바라보고 있습니다. 자연은 우리에게 모든 것을 다 주었습니다. 우리의 육신은 자연으로부터 태어나 자연과 함께 살다가 다시 자연으로 돌아갈 것입니다. 자연은 우리의 몸이고 생명이기에 자연이 만든 법칙과 질서를 따라야 하는 것은 당연한 것입니다. 그리고 우리가 이 법칙과 질서를 따라 살고 죽음으로써 우리는 더 깊은 곳에 있는 우리 자신과 만나게 될 것이며 하나가 되는 사랑을 체험하게 될 것입니다.

5. 어둠을 빛으로

몸이 아플 때 어느 정도의 열은 병을 낫게 해 주는 지원군 역할을 하기도 합니다. 우리 몸에 세균이 침투하면 체온을 담당하는 중추인 시상하부는 체온을 올립니다. 적절한 체온 상승은 백혈구가 병균을 물리칠 수 있도록 최적의 환경을 만듭니다. 일종의 생리적인 방어 현상인 셈입니다. 염증을 일으키는 원인 균을 치료하지 않고 무조건 체온을 내려서 스스로 병을 이겨 낼 힘을 떨어뜨려서는 안 되는 것입니다. 이러한 기능은 어떤 원인에 의해 나타난 결과가 다시 원인에 작용해 그 결과를 줄이거나 늘리는 자동 조절 원리로서 이러한 과정을 피드백 과정이라고 합니다. 우리의 몸도 이러한 피드백 과정을 통해서 인체의 항상성을 유지시킵니다. 항상성은 생물계가 최적 생존 조건을 맞추어 안정성을 유지하려는 자율 조절 과정을 말합니다. 이 항상성이 잘 유지되면 생명은 지속되지만 그렇지 못하면 큰 피해를 입거나 죽게 됩니다.

영국의 과학자 제임스 러브록은 <지구상의 생명을 보는 새로운 관점>이라는 책을 통해 가이아 가설이란 것을 주장했습니다. 가이아란 그리스 신화에 등장하는 대지의 여신을 가리키는 말로 지구의 생물을 보살피는 어머니와 같은 존재입니다. 이 가설은 지구를 단순히 돌이나 흙으로 둘러싸인 무생물로 보는 것이 아니라 지구 전체를 살아 있는 하나의 유기체로 보는 이론입니다. 이 가설은 지구의 생물들을 단순히 주위 환경에 적응해서 간신히 생존을 영위하는 소극적이고 수동적인 존재로 보지 않고 오히려 지구의 모든 환경을 변화시키는 적극적이고 능동적인 존재로 규정했습니다.

그의 저서에 따르면 지구의 환경, 특히 대기권과 해양권은 지구상의 생물들에 의해서 능동적으로 조정되고 유지되며 따라서 지구의 물리화학적 무생물계와 생물계는 상호 유기적으로 연결되어 하나의 시스템처럼 작용한다고 합니다. 예를 들면 그 증거들은 생물이 사는 데 절대적으로 필요한 대기 중 산소가 일정한 양으로 오랫동안 지속되어 왔다는 것, 대기 온도 역시 생물이 얼어 죽지 않고 지금까지 살 수 있도록 유지되어 왔다는 것, 그 밖에 바닷물 온도가 일정하게 유지되어 왔다는 것 등입니다. 이는 생물체가 자연에 순응하지만 않고 능동적으로 자신에 적합한 환경을 만들어 가는 과정이며 땅과 대기, 생명체는 이렇게 일체를 이루고 있다는 것이 가이아 가설의 결론입니다.

이러한 가설은 지구도 인간의 몸처럼 피드백 과정을 통해 항상성을 유지하려 하고 자율 조절 과정을 통해 생존 조건을 맞추어 자신의 생명을 유지하려 한다는 것과도 일치하는 주장입니다. 이런 피드백 과정과 가이아 가설은 우리 인간의 생존 문제가 결국은 우리만의 문제가 아니라 모든 단계에 생명체들의 생존 문제와도 직간접적으로 연결되어 있다는 것을 말합니다. 이렇게 연결된 것은 어쩌면 사람의 몸과 마음 그리고 사회와 지구 또 더 넓게는 이 우주까지 확장되어 연결돼 있을 수도 있습니다. 이 말은 결국 세상은 아주 작은 것에서부터 아주 거대한 것에 이르기까지 우리가 다 알 수는 없지만 서로가 서로에게 좋은 쪽으로든 나쁜 쪽으로든 어떤 영향을 끼치고 있으면서 서로 연결되어 있다는 것을 의미하는 것일 수도 있습니다.

이 세상 모든 것들은 서로가 서로를 이끌어 주고 밀어 주면서 자신의 꿈을 실현시켜 왔습니다. 저 풀 한 포기조차도 땅과 하늘의 모든 것들과 함께 자신을 실현시켰고 또 존재하고 있는 것입니다. 만약 당신의 꿈이 세상과 함께 당신에게 주어진 축복을 누리고 또 나누길 바라는 것이라면 당신의 꿈을 막을 수 있는 것은 그 무엇도 없을 것입니다. 이 세상 그 어떤 두려움도 용기가 뒤따르지 않는 것이 없고 그 어떤 절망도 희망이 뒤따르지 않는 것이 없습니다. 우리의 몸과 마음 그리고 인생도 언제든 시련이 닥쳐 올 수 있습니다. 그러나 시련은 내 안의 어둠을 이겨 낼 기회입니다. 의지는 시련을 통해서만 나올 수 있는 빛이라는 것을 잊지 말고 세상과 함께 자신의 꿈을 펼칠 수 있길 바랍니다.

삶은 계속해서 변하고 있고 정신 없이 빠르게 돌아가고 있습니다. 그리고 이렇게 앞을 예측할 수 없는 변화무쌍한 삶 속에서 우리를 더 무력하게 만드는 것은 우리 앞의 현실과 미래에 대한 두려움, 공포, 절망 등입니다. 그러나 아무리 어렵더라도 이것을 참고 이겨 내고자 하는 자신의 의지와 세상을 더 넓게 바라보려는 마음만 있다면 너무 두려워하거나 걱정할 것이 없습니다. 우리가 다시 일어서려 하는 바로 그 순간 당신 안에 잠재되어 있던 것들이 나오기 시작할 것입니다. 그리고 세상의 모든 것들이 다 함께 당신의 꿈을 위해 당신을 도울 것입니다. 당신은 이 지구가 낳은 자이고 또한 이 우주가 낳은 자이기 때문입니다.

4장

●

영혼은 우리를 치유하는 빛

1. 나에게 주어진 것들

정녕 나에게 행복을 주는 것이 무엇인가라고 묻는다면 우리는 먼저 자신을 바라보기보다는 외부의 것들에 더 관심을 기울이고 있다는 것을 알게 될 것입니다. 이 세상에서 누가 나보다 더 행복한지를 먼저 돌아보게 되는 것이 사람의 마음입니다. 그러나 이러한 것은 아무런 의미가 없습니다. 타인의 기준으로 자신의 삶을 평가하고 그것을 기준으로 삶을 살아간다는 것은 더 이상 자유로운 삶이 될 수 없기 때문입니다. 남이 바라는 삶이 내가 바라는 삶이 될 수 없듯이 내가 남이 될 수는 없는 것입니다. 타인의 삶을 존중하는 것은 중요한 것입니다. 그러나 저마다 다른 다양한 사람들의 삶을 존중할 수 있으려면 먼저 나 자신의 삶을 존중할 수 있는 자세가 되어야 한다는 것입니다.

모든 사람과 세상의 만물들은 저마다의 순수한 개성과 가치를 가지고 있습니다. 이러한 것들은 모두 존중받아야 하는 것이며 억지로 건드려서 망치지 말고 내버려 둘 필요가 있는 것들입니다. 만약 우리가 그 순수성을 잃어버려 그 본연의 빛을 잃게 되었을 때에는 다시 변화를 주어야 하고 또 더 나아질 수 있도록 새롭게 만들어야 하는 것입니다. 그러나 그 자체가 순수하고 건강한 것을 가지고 인간이 가진 욕심 때문에 인위적인 조작을 하는 것은 우리의 몸과 마음 그리고 자연, 그 어느 것에게도 결코 득이 될 수 없다는 것을 알아야 할 것입니다.

우리는 먹는 것과 입는 것, 어디에 사는 것 등 기본적인 의식주에서도 그리고 가족이나 친구, 공동체 등 여러 가지 관계들 속에서도 행복을 찾을 수 있습니다. 이 밖에도 우리가 행복을 찾을 수 있는 것들은 아주 많이 있습니다. 그러나 중요한 것은 이런 외적인 것들뿐만 아니라 우리의 마음입니다. 행복은 결국 우리에게 주어진 것을 얼마만큼 만족하고 즐겁게 느끼는가에 따라 결정되어집니다. 결국은 행복이라는 것도 따지고 보면 모두 우리 마음에 있는 것이지, 멀리에서 찾을 수 있는 것이 아닙니다. 지금의 삶을 감사하게 생각하고 평범한 일상 속 소소한 일에서도 기쁨과 만족을 느낄 수 있다면, 이것은 말할 수 없는 행복일 것입니다.

외적으로 충분히 만족할 만한 삶을 살고 있고 특별한 문제가 없는데도 우리는 가끔 무엇인가 충만되지 않은 기분이 들고 공허함과 외로움까지 느낄 때가 있습니다. 그것은 자신의 영혼이 지금 자신이 느끼는 행복에는 무엇인가 모자라다고 느끼고 있는 것이며 이 결핍된 것들을 채워야 한다고 말하고 있는 것입니다. 이것은 우리 영혼이 깨어나기 시작했다는 것이며 우리가 느끼는 공허함이나 외로움은 바로 우리 영혼의 자각 증상으로 보아야 하는 것입니다. 자신이 바랐던 외적인 행복들을 성취하고 난 사람이든 성취하지 못한 사람이든 전환점의 시기는 같다고 보면 됩니다. 영혼은 이제 새로운 것을 원하고 있고 내면의 진정한 행복을 바라고 있기 때문입니다.

내면에서 충만되지 않은 기분이 들고 공허함과 외로움까지 느끼게 되면 우리는 돈에 대해 심한 집착을 하거나 외로움에 사람을 찾아 이리저리 헤매며 기댈 곳을 찾기도 하고, 무료하고 공허한 느낌으로부터 벗어나기 위해 일상으로부터 일탈을 꿈꾸기도 합니다. 더 심각한 경우에는 마약이나 우울증 등에 빠져 자신을 망치기도 하며 자살까지 선택하는 경우도 있습니다. 이러한 상황을 막기 위해 우리는 자신의 영혼을 찾고 내 안의 진정한 평화를 찾는 것이 그 무엇보다 중요합니다. 그러기 위해선 먼저 영을 느끼는 감각을 찾아야 합니다. 자신의 영과 교감을 잃으면 사람은 누구나 공허함과 외로움을 갖기 때문입니다.

영감이란 우리 안에 영이 가진 감각과 판단력입니다. 영의 삶은 항상 순간 속에 존재하는 것이고 영감은 그 순간의 보편적인 진리를 찾아 내는 것이라고 할 수 있습니다. 이러한 영감을 찾기 위해서는 항상 순간을 살고 그 순간을 마음껏 즐길 수 있어야 합니다. 그 순간 보고 싶은 게 있으면 보고, 하고 싶은 게 있으면 해야 합니다. 이렇게 하는 것은 우리 자신의 영이 어떤 생각이나 의무감으로 인해 구속당하지 않도록 함으로써 그 순간이 가지고 있는 순수성이 집착으로 가득 채워진 삶이 되지 않도록 하기 위해서입니다. 그렇기 때문에 무엇인가를 충분히 즐겼다면 더 이상 집착하지 말고 미련 없이 내려놓을 줄도 알아야 합니다. 이렇게 하는 것이 순간을 사는 것이고 영이 바라는 자유롭고 순수한 삶을 사는 것입니다.

우리가 집착을 버리고 넓게 세상을 바라보는 눈을 갖게 되면 끝없이 새로운 것들이 나타났다 사라진다는 것을 알 수 있게 됩니다. 언제든 눈을 다른 곳으로 돌릴 수 있는 마음만 있다면 기회는 끝없이 찾아옵니다.

2. 삶의 여백을 만드는 지혜

행복이란 특별한 것을 쫓는 게 아닙니다. 평범함 속에 숨어 있는 특별한 즐거움을 찾는 것입니다. 평범한 일상의 매순간을 감사하며 기쁘게 살아가는 것입니다. 길에서 음악이 들립니다. 그리고 두 사람이 지나가고 있습니다. 지금 들리는 이 음악은 두 사람 다 매우 좋아하는 음악입니다. 한 사람은 잠시 멈춰 서서 자신이 좋아하는 음악을 들으며 기쁨을 찾습니다. 다른 한 사람은 듣고 싶은 음악을 잠시 멈춰 서서 들을 마음의 여유가 없습니다. 그래서 그냥 무시하고 지나갑니다. 지금 이 순간 두 사람에게 주어진 외적인 환경과 시간이 똑같다고 한다면 두 사람은 다른 삶을 살고 있는 것입니다. 우리에게는 자신이 원하는 것을 위해 자신을 잠시 내려놓고 멈출 수 있는 여유와 시간이 필요합니다.

내가 진정으로 무엇을 원하고 있는가를 알기 위해선 먼저 자신의 몸과 마음을 쉬게 하는 여유가 필요합니다. 그래서 멈춤은 새롭게 시작하는 삶의 궤도 수정을 위한 필수 조건이 됩니다. 우리는 잠시 몸과 마음을 편안하게 가라앉히고 자신이 원하는 것을 내면 깊은 곳에서 바라볼 필요가 있습니다. 자신이 진심으로 원하는 것을 먼저 알아야 무슨 일을 하든 기쁜 마음으로 선택하고 행동할 수 있는 것입니다.

잠시 멈추고 고요 속에 머무르십시오. 그리고 그 속에서 내가 원하는 것을 바라보고 또 귀 기울이십시오. 내면에서 기쁨과 사랑의 음악이 흘러나오도록 잠시 자신의 말을 멈추고 기다리십시오. 이 음악은 내 삶을 조화롭게 하고 행복해지도록 돕는 우리 영혼의 울림 소리입니다. 내 안에서 이 음악을 찾으십시오.

3. 다시 태어나는 삶

우리는 영혼에 대해 잘 알지 못합니다. 설사 안다 하더라도 그 것을 받아들이기가 참 어렵습니다. 아마 우리가 사는 동안에 이 영혼이라는 것을 다 알기란 사실 불가능한 일이 될 줄도 모릅니다. 도대체 영혼이란 무엇이고 그 영혼이란 것이 파리나 모기 같 은 것에도 있는 것인지 아니면 인간에게만 있는 것인지도 사실 잘 모르는 것입니다. 우리가 보통 말하는 영혼이란 것이 내 자신 이 있고 또 느낄 수 있는 것이라면 영혼이란 우리 모두에게 있다 고 생각합니다. 그리고 존재하는 모든 것에 있다고 할 수도 있을 것 같습니다. 이렇게 생각하는 것은 파리나 모기도 자신을 죽이 려 하면 피할 수 있을 만큼 자기 자신을 인지하고 있기 때문입니다. 저는 이렇게 생각합니다. 생명이 있는 것에는 모두 영혼이 있 다고 말입니다.

텅 비어 있는 곳에 또한 가득 참이 있습니다. 그 가득 차오름은 바로 사랑입니다. 우리 마음에 때가 씻기고 이기심으로 가득 찬 내가 서서히 사라져 갈 때 조금씩 그 빈 공간을 채우는 것은 아무 것도 바라지 않는 순수한 사랑입니다. 사실 그 사랑은 다시 채워진 것이 아닙니다. 그 사랑은 우리가 태어나서 지금까지 아니면 그보다 더 오랫동안 항상 함께 있었던 우리의 본성입니다. 내 마음에 어두운 것들이 씻기고 바르게 되면 구름이 걷히고 원래 있던 해가 그 빛을 비추듯이 우리의 마음과 몸 그리고 세상 전체가 환하게 다시 태어나게 됩니다. 이러한 사랑이 우리들 마음과 온 세상에 빛이 되어 가득해지면 더 이상 그 무엇을 바랄 것도 없고 말할 것도 없는 행복과 사랑을 느끼게 될 것입니다.

그러나 우리의 본성이 완전히 다시 깨어난다는 것이 사실 우리 같은 보통 사람들에겐 그렇게 쉽지만은 않습니다. 우리의 본성이 다시 깨어날 때의 느낌은 정말 탄생과 함께 오는 죽음이라는 말 밖에는 달리 설명할 수가 없습니다. 평생을 나와 함께 했던 거짓된 자아가 죽는다는 것은 한없이 기쁜 일이 되겠지만, 또 한편으론 우리 모두는 욕망을 가진 인간이기에 삶에서 내가 가졌던 그 모든 것을 떠나 보내는 아쉬움 또한 말할 수 없이 큰 것입니다. 우리 대부분은 본연의 나로 다시 태어나기 위해 죽어야 한다는 말이 쉽게 받아들여지진 않을 것입니다. 그러나 우리의 삶은 유한한 것이고 결국 최후에는 우리도 어쩔 수 없이 영혼의 세계를 알게 될 것입니다. 마치 애벌레가 껍질을 벗고 나비로 다시 태어나듯이 말입니다.

우리는 지금 여기 이렇게 살아서 삶을 누리고 있습니다. 또한 느끼지 못하겠지만 우리가 있는 모든 곳에는 영혼이 함께 하고 있습니다. 우리는 여기 이렇게 살고 있지만 항상 영혼과 함께 하고 있고 또 이 세상의 모든 것이 다 영혼과 함께 하고 있습니다. 우리 마음에 구름이 아직 다 사라지진 않았지만 우리에겐 언제나 희망이 있습니다. 그리고 우리가 두려워하고 피하고 싶은 죽음조차도 사실은 나와 함께 이 삶을 살아가고 있는 내 영혼의 새로운 탄생이 될 것입니다. 우리의 마지막이자 시작이 곧 이 순간이고 그리고 그 순간은 모두가 하나가 되는 삶이라는 것을 안다면, 우리는 우리가 사는 이 세상을 앞으로 우리 영혼이 살아가게 될 다음 세상을 위해 준비하는 시간이 되도록 노력해야 할 것입니다. 지금 우리가 말할 수 있고 필요한 것은 하나밖에 없습니다. 지금 우리에게 주어진 이 삶을 어떻게 비우고 또 채워 나갈 수 있을 것인가 하는 것입니다.

우리에게는 자신의 본성을 깨닫고 영혼의 삶을 사셨거나 또 이런 삶에 가까운 삶을 사셨던 스승들이 있었습니다. 그 분들은 그 존재 자체로도 우리에게 희망의 빛을 전하신 분들입니다. 우리가 자신의 마음을 닦고 영혼을 지켜, 그 말에 귀 기울이고 따를 수 있게 된다면 우리는 삶의 어느 곳에서나 우리 영혼의 스승들을 만날

수 있을 것이고 세상 모든 것들 속에서 기적을 체험할 수 있을 것
입니다.

4. 사는 것과 노닐고 즐기는 것

어린아이는 배가 고프거나 아프지 않으면 항상 웃습니다. 울다가도 돌아서면 또다시 환하게 웃는 게 아이들입니다. 그러나 어른들은 몸과 마음에 상처를 입으면 그것에 사로잡혀 계속 찡그리게됩니다. 깨어 있는 사람은 아이처럼 지금의 삶을 삽니다. 지금이라는 시간 속에는 아무것도 없습니다. 지금은 시간의 분으로도 초로도 구별할 수 없는 것입니다. 내가 병에 걸렸다, 이것도 다 과거입니다. 몸의 상처도 마음의 상처도 그 아픔을 계속 놓지 않고 붙잡고 있으면 낫지 않고 곪게 되고 맙니다. 지금 내 삶에 아직 낫지 않고 곪아 있는 것이 무엇인지 둘러보십시오. 그리고 그것을 찾았다면 힘들지만 과감하게 내려놓으십시오. 그러고 나면 몸도 마음도 한결 가벼워져 자유롭게 될 것입니다.

"내가 하는 일이 대단한 일이라는 생각이 들 때마다 그것을 비웃어라"라고 부처님은 말씀하셨습니다. 심신이 피곤한 사람들은 대부분 세상을 너무 심각하게 바라봅니다. 우리는 이 세상에 놀러왔다고 생각합니다. 심각하게 받아들이면 심각해지고 가볍게 받아들이면 가벼워지는 것입니다. 심각하고 대단하다는 것들을 그냥 자기 멋에 노는 것이라 생각합시다. 신나게 놀다가 때가 되면 집으로 돌아가는 어린아이처럼 삶을 받아들여 봅시다. 하늘이 우리에게 준 삶이 투쟁하며 사는 고통스러운 일이 아닌 노닐고 즐기며 사랑하는 것이 되어야 하기 때문입니다.

세상은 항상 축복 속에서 춤추며 노래하고 있습니다. 하늘의 구름도 강도 바람도 각자 자신만의 몸짓과 소리를 내면서도 또 조화롭게 춤추며 노래합니다. 그들은 우릴 보며 웃고 있습니다. 이 축복 속에서 같이 뛰어 놀자고 손을 내밀고 있습니다. 홀로 무겁도록 많은 지식과 삶의 문제들을 가득 짊어지고 심각한 얼굴로 이 아름다운 세상을 바라보지 마십시오. 우리는 웃음을 찾고 노래를 부르며 춤을 추어야 합니다.

5장

•

치유는 자신의 삶을 창조하는 것

1. 성공을 위한 시작

우리는 흔히 부와 명예를 거머쥐었을 때 성공을 이루었다고 말합니다. 하지만 삶의 모든 것을 희생하고 노력해서 얻어진 부와 명예가 진정한 성공만은 아닐 것입니다. 사실 내가 진정으로 원하는 것은 돈과 명예라는 표면적인 결과물만이 아닙니다. 돈과 명예가 내가 원하는 행복을 줄 수 있을 것이라고 믿고 있을 뿐입니다. 내가 무엇을 위해서 성공을 원하는지 자신에게 항상 묻고 또 점검해야 합니다. 그렇지 않으면 부와 명예라는 표면적인 목적지에 도달했다 하더라도 자신이 왜 여기까지 왔는지 다시 물어야 할 것이고, 결국은 혼란에 빠지게 될 것이기 때문입니다.

무한한 욕망으로부터 시작된 부와 명예라는 귀결점이 성공 그 자체라면 그러한 성공은 영원히 이룰 수 없을 것입니다. 무한한 욕망에는 그 끝이 없기 때문입니다. 더 많이 소유하고 더 많이 소비하는 것만으로는 진정한 행복을 찾을 수 없습니다. 욕망은 욕망을 낳고 그 욕망은 또 다른 욕망을 낳습니다. 그 끝이 어디인지 모르는 것이 인간의 욕망이라곤 하지만 인간의 욕망은 필연적으로 좌절될 수밖에 없습니다. 영원히 늙지 않고 아름답고 건강하게 살고 싶지만 인간은 결국 늙고 병들어 죽습니다. 만족이란 끝없이 쫓던 욕망을 멈출 때 느낄 수 있는 것입니다. 행복이란 멈출 수 있을 때 시작됩니다.

성공이란 자신이 원하는 것을 이루고 그것에 만족하면서 그 기쁨을 함께 나눌 수 있을 때 느끼는 행복이 아닐까 생각합니다. 무엇인가를 즐길 수 있다는 것은 행복하다는 의미를 가지고 있습니다. 부와 명예를 얻어야만 행복한 것이 아니라 내가 원하는 것을 알고 있고 또 그것을 찾아가는 과정 속에서도 삶을 즐길 수 있다면 지금 이 순간도 행복할 것입니다. 우리는 자신뿐 아니라 주변의 소중한 사람들과 기쁨을 함께 나누길 원합니다. 우리는 사실 기쁨을 위해서 성공을 원합니다. 자신이 하는 일이 무슨 일이든 그 일을 즐길 수 있고 성공에 대한 확신을 가지고 있다면 그 어떤 어려움도 의지를 통해서 극복할 수 있습니다.

외적으로 즐겁고 기쁜 일이 있어야만 웃을 수 있는 것은 아닙니다. 내면에 자신이 세상과 함께 한다는 믿음을 가지고 있다면 웃음은 절로 나오는 것입니다. 지금 웃고 있는 당신은 성공을 시작한 사람입니다. 그리고 당신은 꼭 성공합니다.

2. 삶을 창조할 수 있는 힘

우리 주변 모든 것들 속에는 보이지 않는 힘이 존재합니다. 우리가 무엇을 접하고 무슨 생각을 하고 어떠한 행동을 하느냐에 따라 우리 주변에 기운들은 각각 우리에게 미치는 영향이 다르다 할 수 있습니다. 우리가 자신과 타인에게 진실한 마음을 가지고 상대방을 대하면 상대방도 우리에게 좋은 감정으로 대하게 됩니다. 우리는 모두 자연(自然)의 일부입니다. 우리는 스스로 그렇게 존재하는 자연 그 자체입니다. 거짓이 없는 자연은 우리의 진실함을 느끼고 그에 응답하고 하나가 됩니다.

진실로 자신과 타인을 사랑하고 자연을 아낄 때 자연 속에 녹아 있는 순수한 힘은 우리에게 건강하고 좋은 기운을 줍니다. 그러나 자신을 사랑하지 않고 타인에게 이끌려 가거나 거꾸로 이기적인 자기애로 타인을 이끄는 거짓된 삶을 살고 있다면, 순수한 것이 아닌 거짓된 기운이 우리에게 머무를 수밖에 없는 것은 당연한 이치입니다. 들판의 이름 모를 꽃들도 자연의 순리를 알고 있으며 스스로 아름답게 빛납니다. 우리는 들판의 잡초만도 못한 인간이 되어서는 안 될 것입니다. 모든 것은 내 마음에 있습니다. 아름다운 사랑을 품고 스스로 빛나는 꽃이 되십시오. 자연의 일부가 되고 또한 모든 것이 되어야 합니다.

　스스로를 치유하고 타인까지 도울 수 있는 자연 치유 능력을 갖는 방법이란 하나밖에 없습니다. 그것은 바로 자연의 순리대로 사는 것입니다. 그것은 항상 스스로 생각하고 행동하지만 타인을 배려하고 함께 하려는 자세를 갖는 것입니다. 이렇게 하기 위해 가장 요구되는 것은 이러한 모든 것을 실천하기 위한 강한 의지의 힘입니다. 이렇게 하는 것이 스스로가 공동체의 질서를 지키는 것이고 속박되지 않고 자유를 즐길 수 있는 상생의 길입니다. 상생의 법칙을 알고 따르는 사람만이 스스로가 자신의 몸과 마음을 치유하고 삶을 조화롭게 할 수 있는 것입니다.

　세상과 소통을 거부하고 자신의 생각에 사로잡혀 자유롭지 못한 마음을 가진 사람은 고립된 사람입니다. 고립된 사람은 고정 관념에 사로잡혀 다른 사람과 교류할 수 없고 자연과도 교감할 수 없는 것입니다. 마음을 열어야 세상 모든 것과 함께 하고 자유와 기쁨을 얻을 수 있습니다. 자유롭고 균형 잡힌 마음을 가진 사람이 되어야 비로소 자신의 삶을 창조할 수 있는 힘을 갖게 됩니다.

3. 스스로 빛나야 하는 것

스스로 생각하고 행동하면 더 행복해질 수 있습니다. 스스로 일어설 수 없을 만큼 삶이 망가진 사람들은 팔을 붙잡아서라도 일으켜 줘야 합니다. 하지만 이런 사람들은 소수에 불과합니다. 대다수는 건강한 사람들이고 가야 할 방향만 가르쳐 주면 되는 사람들입니다.

행복을 찾는 길, 깨달음을 체득하는 길, 사회에서 성공하는 길, 사랑의 대상을 찾는 길 등 세상에는 각자 원하는 길들이 있습니다. 누군가가 그 길을 손가락으로 가리킵니다. 하지만 사람들은 길을 보지 못합니다. 당장 눈앞에 보이는 손가락만 봅니다. 내가 당장 급한 것부터 해결하고 보자는 것이 사람들의 조급한 마음입니다. 배고픈 걸인에게 돈 버는 방법을 가르쳐 주는 것보다는 걸인에게 지금 간절한 것은 당장의 잔돈 몇 푼입니다. 넓게 볼 수 있는 눈과 깊은 간절함이 없다면 아무리 길을 가리키는 손가락이 있어도 당장 눈앞의 욕망 때문에 눈멀어 아무것도 볼 수 없습니다. 사실 이것은 지극히 당연한 것입니다. 인간은 모두 연약한 존재이고 극한 빈곤은 우선 구제해야 하는 중요한 것이기 때문입니다.

본질적으로 같은 길을 두 사람이 가고 있다고 합시다. 대신 가는 길에 주어지는 상황들은 극적으로 다릅니다. 여기서 두 사람은 각자 다른 길을 선택합니다. 한 사람은 힘들고 어려운 길을 가면서도 고통 속에서 희망을 찾고 희열을 느끼길 원합니다. 다른 한 사람은 편안하고 즐거운 길을 가면서 그 속에서 만족을 찾고 행복을 느끼길 원합니다. 어쨌건 두 사람은 본질적인 면에선 같은 길을 가고 있고, 스스로 선택한 길을 가고 있는 사람들입니다. 스스로 선택한 사람은 자신의 선택을 남에게 맡기지 않습니다. 자신도 스스로 선택했기에 다른 사람도 스스로 선택할 수 있다고 생각합니다.

문제는 스스로 선택하려 하지 않고 자신을 남에게 맡겨 버리고 진실이 무엇인지에는 관심이 없는 무책임한 사람들입니다. 이들은 스스로 선택한 사람들의 길을 따릅니다. 그리고 마치 자신이 선택한 길인 것처럼 다른 사람들을 자신이 따라가고 있는 길로 이끌려고까지 합니다. 스스로 선택한 길에선 스스로 멈출 수 있는 의지가 있습니다. 그리고 스스로 궤도를 수정할 수 있습니다. 이 길이 내가 원하는 길이 아니라면 언제든지 다른 길을 선택할 수 있습니다. 하지만 처음부터 선택의 길을 버리고 눈먼 사람들처럼 남의 뒤꽁무니만 졸졸 따라다닌 사람들은 갑자기 어려움이 닥치

거나 지표가 없어지면 갈피를 잡지 못하고 이리저리 헤매게 됩니다. 그들은 자기 삶에서도 주인이 될 수 없습니다. 그들에겐 주인이 되어 줄 누군가가 항상 필요합니다.

삶은 항상 양극이 끝없이 순환하면서 반복하게 됩니다. 기쁨과 고통은 항상 함께 따라다닙니다. 스스로 선택할 수 없다면 이 양극에 두 팔 두 다리 모두 묶여서 질질 끌려다녀야 하고 항상 찡그리면서 남의 탓만 하고 살아야 합니다. 만약 이런 삶의 염증을 느끼고 진저리가 난다면 삶의 주체가 자신이 될 수 있도록 내면의 힘을 기르십시오. 그리고 스스로 선택하십시오.

4. 운명을 스스로 결정한다는 생각

두 가지 갈림길 중 어렵고 힘든 길을 선택한 한 사람이 있었습니다. 이 길이 자신이 원했고 선택한 길이라는 것을 그는 아주 잘 알고 있었습니다. 길을 잃은 어떤 사람이 그 사람에게 길을 물었습니다. "어디로 가시나이까?" 스스로 힘든 길을 선택해 가던 그 사람은 대답했습니다. "내가 가는 곳에 당신은 지금 따라올 수 없지만 후에는 따라오게 될 것입니다." 이 말은 예수님의 이야기입니다.

자연은 오랜 시간 참고 인내하는 과정을 거쳐서 만들어집니다. 인간의 욕망이 만든 무수한 창조물들이 나타났다 사라지는 동안에 저 하늘의 해와 달은 말없이 어둠과 빛 속에서 자신의 길을 돌고 돌았을 뿐입니다. 이 세상에 쉽게 답을 얻을 수 있는 것은 없습니다. 우리들이 사는 삶도 모두 그렇습니다. 우리는 대부분 쉬운 길을 원합니다. 하지만 하늘이 우리를 너무 사랑한 탓에 우리에겐 꿈 같은 행운들이 쉽게 찾아오질 않습니다. 오히려 삶은 더욱 지치고 힘들게만 느껴질 뿐입니다. 하지만 세상 모든 것들은 다 마음에서 온다고 했습니다. 마음을 바꾸면 느낌이 변하고 행동이 변합니다. 그리고 그 행동이 지속되면 습관이 되고 습관은 또 생활을 바꾸게 합니다. 결국은 운명을 변하게 만듭니다.

　만약 오랫동안 어렵고 힘든 시간을 보내고 있고 지금 많이 지쳐 있다면 이러한 시간들을 조금 더 인내하고 더 긍정적으로 바라보길 바랍니다. 그리고 이러한 시간을 통해 자신을 오래도록 변치 않는 아름답고 단단한 보석으로 다듬어 가는 과정처럼 생각하면 좋겠습니다. 이렇게 스스로 생각하고 자신을 변화시켜 운명을 이끌어 간다면 더 이상 불안정하게 운명에 이끌려 가지 않을 것입니다. 스스로 미래를 이끌어 가는 사람은 창조자입니다. 이들에게 삶의 장애들은 마치 보석을 다듬는 과정에서 잘 깨지지 않는 불순물 덩어리들일 뿐입니다. 그리고 이러한 딱딱한 불순물 덩어리들조차도 인고의 시간들을 버텨 낸 능숙한 숙련공에게는 아무것도 아닌 것이 됩니다.

　우리는 불안정한 미래에 대한 걱정으로 삶을 더욱 어렵고 힘들게 받아들입니다. 그것은 자신이 주체가 되지 않고 모든 것을 저 불안정한 운명에게 맡겨 버렸기 때문입니다. 만약 우리가 운명을 스스로 결정한다는 생각을 가지고 자신의 삶을 더 긍정적으로 이끌어 간다면 내 앞에 펼쳐진 장애들은 더 이상 장애가 아닙니다.

오히려 장애는 나를 다듬고 시험할 수 있는 좋은 기회가 될 뿐입니다. 세상 모든 것을 어떻게 받아들이느냐는 결국 모두 내 자신의 선택에 달려 있습니다. 이 길을 선택한 것은 바로 나 자신입니다. 그리고 영혼은 알고 있습니다. 쉽게 얻은 기쁨은 빨리 사라지고 어렵게 얻은 것은 오래도록 남아 나를 이끌어 주는 지혜가 되고 사랑이 될 것이라는 것을 말입니다.

5. 두 길이 하나가 되는 사랑

삶 속에는 항상 두 가지 길이 존재합니다. 어두운 면이 있으면 밝은 면이 있듯이 말입니다. 삶을 너무 단순하게 두 가지로 나누어서 본 것일 줄은 모르지만 본질적인 면에서 그렇다는 것입니다. 여기서 좋고 나쁨을 뭐라고 분별하기는 참 어려운 일입니다. 중요한 것은 항상 스스로 선택했다는 것과 그것을 이끌 수 있는 의지입니다. 스스로 선택하는 쪽이든 선택을 맡기는 쪽이든 이것도 어찌 보면 모두 다 알아서 스스로 선택한 것입니다. 한쪽은 스스로 선택하는 길을 택했고 한쪽은 누군가에게 선택을 맡기는 길을 택했습니다. 사실 어떤 선택이 쉽고 어려운 결정이었는지 또 그 결과가 옳고 그른 것이었는지는 모릅니다. 결국 중요한 것은 이 세상의 모든 것은 그 누구의 탓도 아니라는 것입니다. 모두 내 탓입니다.

앞서 두 길을 말했습니다. 어려운 길을 가면서 그 속에서 희열을 찾는 사람과 쉬운 길을 가면서 기쁨과 만족을 찾는 사람이었습니다. 사실 이 두 길은 본질적인 면에서 같습니다. 스스로 선택한 길이라면 둘 다 하나의 길로 가고 있는 것입니다. 그 길은 사랑입니다. 어렵고 힘든 길에서 슬픔과 고통을 덜어 주는 의지와 사랑을 알게 되고 쉽고 편안한 길에서 기쁨과 평온을 더하는 만족과 사랑을 알게 됩니다. 길이 다른 것 같지만 결국 하나의 길에서 서로 만나게 됩니다. 그리고 그 속에서 찾는 것은 사랑입니다. 우리는 살아가면서 이 두 길을 서로 반복하고 오가다가 결국은 덜어 줄 것도 더할 것도 없는 그런 사랑의 길을 체험으로 알게 됩니다. 궁극의 길은 결국 하나로 만나게 됩니다. 그것은 사랑의 길입니다.

이 세상에 태어난 사람들은 모두 스스로 선택한 길을 가고 있습니다. 스스로 자신이 원하는 것을 선택하는 것은 중요합니다. 하지만 우리에게 먼저 필요한 것은 내가 내 삶의 모든 것을 선택했다는 것을 기억하고 자각하는 것입니다. 그리고 자각했다면 자유를 위해 스스로 운명을 책임질 줄도 알아야 합니다. 지금 하늘에서 달콤한 것이 당신을 위해서 떨어지고 있습니다. 그것은 바로 사랑입니다. 그 사랑은 당신이 어느 길을 선택했든 관계없이 언제 어디서나 만날 수 있습니다. 어려운 길에서나 쉬운 길에서나, 선택을 후회하고 있을 때나 사랑은 당신에게 다가갑니다.

6. 모든 것을 다 주었다

　모든 일들이 점점 어렵고 힘들게 느껴져 절망에 빠져 있을 때 우리는 운명에 속박당한 느낌이 들고 신이 원망스럽기까지도 합니다. 그리고 아무 말도 없이 저 운명의 수레바퀴를 자기 멋대로 돌리고 있는 한없이 무정하기만 한 신을 욕하게 됩니다. 그러나 정말 진실하게 우리 자신과 이 사회를 천천히 되돌아보게 되면 언젠가는 알게 될 것입니다. 이렇게 된 것이 도대체 누구의 책임이었는지를 말입니다. 고요 속에 머물면서 스스로에게 묻고 또 천천히 답을 기다려 보십시오. 당신 안에 바로 당신 자신이며 이 세상이기도 한 누군가가 당신에게 말할 것입니다.

　신은 우리에게 아무 말도 하지 않습니다. 가장 깊은 곳에서는 우리에게 할 말이 더 이상 아무것도 없는 것 같습니다. 그저 침묵만이 흐를 뿐입니다. 우리가 신에게 들을 수 있는 것은 오직 신의 침묵뿐입니다. 우리는 그 침묵을 느껴야 합니다.

　우리에게는 우리에게 필요한 진리가 있습니다. 그것은 우리가 우리 자신을 위해 필요로 하는 것들입니다. 우리는 모두 하나이기에 우리가 필요로 하는 보편적인 것들이 결국은 우리가 사는 세상의 진리가 됩니다. 그렇기 때문에 우리는 우리가 원하는 것을 하면 되는 것입니다. 그러나 단 한 가지 조건이 있습니다. 우리는 모두 하나이기에 내가 원하는 것이 곧 다른 사람과 세상 만물이 원하는 것이어야 한다는 것입니다.

우리에게는 각자 주어진 삶과 생명이 있고 또 자유롭게 살면서 자신의 꿈을 펼칠 수 있는 세상이란 공간도 있습니다. 그뿐 아니라 우리 인간은 스스로의 의식을 가지고 스스로 판단하고 행동할 수 있는 자유 의지가 있습니다. 우리는 본능에 이끌려 다닐 수도 있고 스스로의 판단을 통해 자신의 삶을 이끌어 갈 수도 있습니다. 그리고 세상 곳곳에는 우리가 자유롭게 무엇이든 선택할 수 있도록 신이 남겨 놓은 수많은 대안들이 있습니다. 신은 정말 이렇게 말씀하실 겁니다. "모든 것을 다 주었다. 찡그리지 마라"라고 말입니다. 인정하고 싶진 않지만 우린 정말 모든 것을 다 받았을 수도 있습니다.

우리는 살면서 이 세상과 함께 신이 우리에게 준 축복을 누리고 나눌 수 있어야 합니다. 그러나 우리의 삶이 다할 때에는 우리도 신이 우리에게 준 것처럼 내 모든 것을 세상과 후세들에게 주고 신에게로 돌아가야 합니다. 우리가 신과 함께 하기 위해서는 우리도 신이 우리에게 준 사랑처럼 이 세상에게 아무것도 바라지 않고 모든 것을 다 줄 수 있는 사랑을 가져야 합니다. 이 사랑이 없으면 우리는 신을 만날 수 없습니다. 우리가 이 삶에서 이루어야 할 것은 하나밖에 없습니다. 그것은 신의 사랑을 내 안에 품고 다시 신에게로 돌아가는 것입니다.

6장

몸을 통해 배우는 지혜

1. 몸이 알고 있는 것들

우리는 자주 마음먹기는 쉽지만 실천하고 행동하기는 힘들다고 말합니다. 모든 것을 머리를 이용해 생각하고 구상하는 것은 중요한 일입니다. 하지만 마음만 가지고 모든 것을 다 준비했다 하더라도 행동이 없으면 아무것도 이루어지지 않는 것이 세상의 이치입니다. 우리는 습관의 중요성을 강조하곤 합니다. 습관은 우리가 머리로 생각하는 것이 아니라 몸에 배어 있는 것이고 또 무의식적인 것이라고 할 수 있습니다. 만약 당신의 몸에 이상이 생겼거나 아프다면 이것은 몸이 당신 자신에게 말하고 있는 것입니다. 그 말은 아마도 영화 제목과 비슷할 것입니다. '나는 네가 지난 과거에 한 일을 다 알고 있다'고 말입니다.

사람의 몸에 좋은 것이든 나쁜 것이든 습관이 되어 몸에 배면 이러한 것들은 쉽게 변하지도 고쳐지지도 않습니다. 이것은 사람은 머리보다는 몸으로 더 강하게 기억을 저장하는 것일지도 모른다는 생각을 갖게 합니다. 몸은 이성적이지 않습니다. 몸은 본능적이고 또 육감적인 것이라 할 수 있습니다. 우리가 우리의 몸에 관심을 갖고 느끼는 것을 꾸준히 지속하지 않는다면 우리는 매순간 끝없이 변화하며 수없이 많은 정보를 받아들이고 있는 몸의 문제들을 망각하게 될 수 있습니다. 만약 이렇게 몸을 망각한 상태로 몸의 문제가 있는 습관과 생활을 꾸준히 지속하게 된다면 결국 우리는 아무것도 모르고 있다가 몸에 이미 심각한 상태가 진행되었을 때에야 비로소 자신의 몸에 이상이 생겼다는 것을 자각하게 되는 것입니다.

사람도 동물처럼 습성을 지니고 있고 자연의 일부이기에 우주가 순환하는 법칙을 따라야 하는 것은 당연한 이치입니다. 그리고 우리의 몸과 마음도 기억과 망각을 반복하며 우리에게 필요한 정보는 저장하고 불필요한 것들은 버리게 되는 것입니다. 그러나 이러한 기억의 순환 반복에 문제가 생기면 우리의 몸과 마음에도 문제가 생기게 됩니다. 특히 우리의 몸에 저장된 정보는 우리의 의식 밖인 무의식에 저장되어 있기 때문에 그 문제의 원인을 찾는 것이 무척 어렵다고 할 수 있습니다. 이러한 것들은 잘못된 생각이나 상처들이 오랜 시간을 거쳐서 몸에 쌓여 깊숙한 곳에 숨어 있기 때문에 우리가 몸에 발생한 문제를 해결하기 이전에 꼭 짚고 넘어가야 하는 것이라 할 수 있습니다.

우리는 매순간 여러 가지 일을 겪고 또 그것에 대해 의식적이든 무의식적이든 반응을 하게 됩니다. 이렇게 매순간 일어나는 일과 이것에 대해 반응하는 우리의 태도와 생각들이 우리의 의식과 무의식에 영향을 끼치는 원인이라 할 수 있습니다. 우리에게 맞는 순간과 반응이 서로 대립적인가 아니면 서로 균형적인가에 따라 내 몸과 마음에 미치는 영향은 판이하게 다를 수밖에 없습니다. 우리가 만약 매순간 나에게 발생하는 문제들을 대립적인 반응으로 대처하게 된다면 내 몸과 마음에도 대립과 갈등의 문제들이 발생할 수밖에 없는 것이고, 만약 우리가 더 균형적이고 상호 보완적인 방법으로 매순간의 문제들을 대처해 나간다면 우리의 몸과 마음도 더 균형적이고 서로 상생할 수 있게 될 것입니다.

우리가 흔히 하는 말이 있습니다. 사람은 패턴을 바꾸기가 참 어렵다고 말입니다. 그러나 만약 자기 자신의 문제를 알고 있고, 또 스스로 자신의 삶을 더 나은 방향으로 발전시키고 싶다면 지금 당장 당신 자신의 삶의 패턴을 바꿔 보는 것이 좋을 것입니다. 이것이 자신을 오랫동안 쌓아 온 잘못된 업과 상처로부터 벗어나게 하는 길이고 나뿐만 아니라 내 주변과 사회, 더 나아가 이 우주까지도 바꾸게 하는 길입니다. 당신이 삶의 매순간을 대처하는 하나하나의 작은 반응들이 모여 당신을 바꾸고 또 이 우주를 바뀌게 한다는 것을 기억하길 바랍니다.

2. 삶의 균형을 위한 감각 깨우기

여러 가지 수행을 통하게 되면 우리 몸의 여러 감각들이 되살아 나게 됩니다. 우리의 몸은 전체가 하나의 진동체입니다. 그리고 어느 한 곳도 중요하지 않은 곳이 없으며 세포 하나하나가 서로 연결되어 전체로서 하나를 이루고 있습니다. 하지만 우리가 더 많이 쓰게 되고 주위를 집중하게 되는 곳일수록 기운은 더 강하게 흐르게 되고 민감해집니다. 특히 감각이 많이 발달되는 곳 중 하나가 우리의 손입니다. 악수를 하거나 쓰다듬거나 손짓을 통해 우리는 많은 생각과 감정을 주고받습니다. 손은 치유를 주고받을 때도 가장 쉽게 사용할 수 있고 기운을 느끼는 안테나처럼 사용할 수도 있습니다. 감각을 발달시키면 마치 손바닥이 숨을 쉬는 것처럼 느껴지기도 합니다. 손으로 하는 호흡이라고 말할 수도 있을 것입니다.

손으로 하는 호흡은 처음에는 어떤 진동으로 느끼게 됩니다. 그리고 이런 진동에 민감해지고 적응하게 되면 천천히 코로 쉬는 호흡처럼 손이 숨을 쉬는 것처럼 됩니다. 사람에 따라 상황에 따라 그 느낌은 저마다 다를 수밖에 없습니다. 세상이 다양한 만큼 손을 통해서 느껴지는 외부의 기운들도 각자 다 다릅니다. 외부에서 움직이고 있는 다양한 힘들을 느끼고 공명하는 것이 적응되면 이제 내 자신 안으로 들어가서 내면의 느낌에 집중하는 훈련이 필요합니다. 이런 연습을 통해 천천히 내가 어떤 생각과 느낌을 통해 행동하느냐에 따라 내 손을 통해 어떤 기운들이 들어오고 나가는지를 알 수 있게 됩니다.

과학적인 측면으로 보면 왼손은 오른쪽 뇌와 연결되어 있으며, 오른쪽 뇌는 주로 정적(靜的)이면서 정서적이고 감정적인 반응을 담당합니다. 반면에 오른손은 왼쪽 뇌와 연결되어 있고, 왼쪽 뇌는 활동적이며 분별적이고 논리적인 사고 기능을 담당하고 있습니다. 지금까지 세상은 논리적이고 분별적인 사고를 담당하는 좌뇌를 선호했습니다. 하지만 최근에 와서는 우뇌의 중요성이 크게 부각되고 있습니다. 우뇌는 직관과 상상력을 키워 주고 창조성을 갖게 하며 정서적으로도 풍부한 감성과 느낌을 가질 수 있게 합니다. 때문에 사고와 논리 중심의 좌뇌가 갖지 못하는 무한한 가능성을 만들 수 있는 것입니다.

그 동안 오른손잡이 중심의 생활 환경 속에서 좌뇌적 사고에 편중된 우리의 뇌를 잘 활용하고 균형 잡힌 생활을 하기 위해서는 좌뇌와 우뇌를 균형적으로 발달시키는 것이 중요합니다. 그러기 위해서는 균형적 사고를 갖도록 노력하고 그에 맞추어 좌우측 신체를 균형적으로 사용하도록 해야 합니다. 손으로 하는 호흡은 먼저 이러한 면을 잘 고려해야 합니다. 자신의 생각이 좌우측 손과 신체에 주는 반응과 느낌들을 민감하게 집중해서 알고 그 균형을 잡아야만 합니다. 그러나 우리의 사고는 논리적이고 분별적인 사고에 더 물들어 있고 신체의 균형은 왼쪽보다는 오른쪽으로 더 쏠려 있는 경우가 많습니다. 이러한 감각을 깨우는 훈련을 시작할 때에는 먼저 감성을 풍부하게 하는 여가 활동을 자주 하고 왼쪽 신체를 많이 쓰는 운동을 하는 것이 바람직하다 할 수 있습니다. 그리고 몸의 균형이 어느 정도 맞추어졌을 때 양 손을 마주보게 하고 생각과 몸에 집중하며 더할 것은 더하고 덜어 낼 것은 덜어 내는 훈련을 계속하게 되면 몸과 마음에 놀라운 변화가 일어나게 됩니다.

참고로 세계 여러 나라의 관습을 보면 대개 오른쪽을 높이고 왼쪽은 비천하게 여기는 경향이 있습니다. 인도나 동남아, 중동의 이슬람교 국가에서는 오른손으로는 신성한 의식을 치르고 밥을 먹는 등 좋은 일을 할 때 사용하고 왼손으로는 배설물을 처리하는 등 주로 좋지 않은 일을 할 때 차별해서 사용합니다. 하지만 동양의 도교나 불교, 유교 문화권에서는 왼쪽을 높이고 오른쪽을 낮추는 사상이 오래 전부터 있어 왔습니다. 이것은 왼쪽이 가지고 있는 정적(靜的)인 성질이 활동성을 가진 오른쪽을 눌러 줌으로써 그 고요함 속에서 비움을 찾고 그것을 통해 본질에 접근할 수 있다고 생각했기 때문입니다.

최근 선진화된 많은 나라에서도 다시 우뇌의 중요성을 찾고 있고 그 숨겨진 무한한 능력을 개발하려고 노력하는 추세입니다. 앞으로의 시대는 정보의 발달로 인해 더 이상 폐쇄적일 수만은 없습니다. 솔직히 자신의 감성을 드러낼 줄 알고 이해와 사랑으로 협조를 구할 수 있으면서도 자신의 개성과 창조성을 펼칠 수 있는 사람이 앞으로의 시대를 이끌어 갈 리더가 될 것입니다.

이런 훈련은 매순간 나를 돌아보게 하면서 나를 성숙하게 하고 치유할 수 있게 합니다. 내가 어떤 마음으로 느끼고 행동하느냐에 따라 손을 통해 외부의 모든 것들이 내 몸과 마음 곳곳으로 들어와 나를 진동시키게 됩니다. 이렇게 되면 나는 더 이상 나 혼자만이 아니라는 것을 알게 됩니다. 나는 세상과 함께 하는 세상 만물 모든 것이며 하나입니다. 이렇게 내가 세상 모든 것들과 공명하고 있다는 것을 깨닫게 되면 우리에게는 변화가 일어나기 시작합니다.

　호흡은 우리가 세상 모든 것들과 교류하는 방법입니다. 호흡은 우리가 세상 모든 것들과 만나 손을 잡고 채취를 느끼며 입맞춤을 하고 온몸을 끌어안고 사랑을 나누는 것입니다. 호흡은 서로 사랑하는 행위 그 자체입니다. 그리고 우리는 결국 본질과 만나 교감하게 될 것입니다. 세상의 본질은 사랑입니다. 항상 아무것도 바라지 않는 무한한 사랑을 체험하기 위해선 우리는 나 자신과 타인 그리고 세상에게도 아무것도 바라지 않는 마음을 가져야 합니다. 아무것도 없는 나를 체험할 때 비로소 우리는 신을 만나게 될 것이고 사랑을 만나게 될 것입니다.

3. 호흡과 공명(共鳴)

　호흡은 우리가 세상과 하나가 되는 길 중 하나입니다. 하지만 먼저 바른 견해(見解)를 세워야 합니다. 바로 알고 호흡하면 실재하는 것, 바로 진실이 내 몸 곳곳으로 들어오고 나가게 됩니다. 바로 알지 못하고 거짓으로 알거나 부족하면 호흡을 통해 거짓된 것들이 내 몸 곳곳에 쌓이게 됩니다. 이렇게 들어온 것들이 내 몸 곳곳으로 퍼져 세포 하나하나까지 깨어나게 하기도 하고 잠들게도 하면서 우리의 몸과 마음을 변화시킵니다. 우리가 매순간 숨을 쉬고 내뿜는 것처럼 우리의 생각도 고정되어질 수 없습니다. 바른 견해란 어찌 보면 비어 있는 것입니다. 내 안으로 들어오고 나가는 수많은 생각들을 그냥 바라보는 것입니다. 그 바라봄에 아무것도 바라지 않는 사랑을 품으면 우리의 몸과 마음은 순수한 존재로 거듭나게 되는 것입니다.

　생각은 바람처럼 왔다가 가는 것일 뿐 영원히 붙잡고 있을 수 없습니다. 추억은 아름답고 지나온 경험들은 교훈이 됩니다. 바른 견해란 비어 있는 것이고 바라보는 것입니다. 지나 온 것들을 객관적으로 바라보고 가볍게 볼 수 있어야 합니다. 고정되고 딱딱해지면 자유로울 수 없습니다. 자유로운 생각과 호흡은 말할 수 없는 행복감을 내 몸 곳곳으로 느끼게 하고 영혼이 살아 숨쉬는 것을 느끼게 합니다. 바른 호흡은 바르게 바라보는 것입니다. 우리가 생각하는 산소를 들이마셨다가 내뿜는 그런 육체적인 것만이 아니라 본연의 비어 있는 것과 함께 하는 작업입니다.

공명(共鳴)이란 진동계가 그 고유 진동수와 같은 진동수를 가진 외력(外力)을 주기적으로 받아 진폭이 뚜렷하게 증가하는 현상을 가리킵니다. 이를 이용하면 세기가 약한 파동을 큰 세기로 증폭시킬 수 있다고 합니다. 우리의 온몸은 강한 진동체로 되어 있습니다. 그리고 세상 만물은 모두 진동하는 진동체이고 서로가 서로를 연결하고 있으면서 공명하는 하나의 진동체입니다. 우리가 만약 자연과 우주의 순수한 진동수와 같은 진동수를 가진 외력을 주기적으로 받게 된다면 우리의 진폭도 뚜렷하게 증가시킬 수 있다고 생각됩니다.

세상은 다양한 진동을 가지고 있습니다. 다양한 음악과 리듬처럼 말입니다. 우리가 공명하다는 것은 우리가 현재 어떤 마음과 같아졌느냐는 것입니다. 어두운 마음과 같아졌다면 어둡고 탁한 세상 만물들과 만날 것이고 교감하게 될 것이며 그 힘은 더욱 강해져 확장될 것입니다. 그 반대라면 우리는 사랑과 만나게 될 것이고 그 힘은 더욱 강해져 세상을 평화로 만들 것입니다. 결국 우리가 하나라는 것을 가슴 깊이 느끼는 것이 내 몸이 세상 만물과 공명하고 있다는 감각을 깨우는 기초가 됩니다.

4. 신체 장기와 색과 소리

우리 몸을 이루고 있는 세포들은 강한 진동체로 되어 있어 특정한 소리에 영향을 받습니다. 만약 몸에 이상이 생기게 되면 이들 진동체의 진동이 약해지며 특정 장기나 몸 전체에 기운을 떨어뜨리게 됩니다. 약해진 진동은 목소리까지 영향을 끼치는데 심장과 폐가 나쁘면 목소리가 잘 나오지 않거나 말문이 막히게 되고 신장이 나쁘면 목소리가 가늘게 나옵니다.

이러한 것을 치유하는 방법으로 특정한 소리를 통해 내장 기관을 낫게 하고 튼튼하게 할 수 있는 호흡법이 있습니다. 간, 담에는 '휴', 심장 소장에는 '훠', 위, 비장에는 '후', 폐, 대장에는 '스', 신장, 방광에는 '취', 삼초라고 하는 한의학상의 장기에는 '히' 하는 소리를 내고 호흡하면 우리 몸의 장기들이 건강해질 수 있습니다.

이처럼 소리로써 인체의 장기에 맞는 진동의 주파수를 보내게 되면 각 장기는 각각의 소리와 공명을 일으키며 장이 튼튼해지게 되는 것입니다. 이 치유법은 바로 퇴계 이황 선생의 활인심방에 있는 병을 낫게 하고 수명을 연장하는 여섯 가지 소리로 된 육자결(六字訣)입니다. 이황 선생의 <퇴계집>에는 음양오행과 오장육부의 관계를 보다 직접적으로 설명하고 있는데 활인선법의 상징이 된 여섯 색의 육각 문형은 활인심방과 오행의 법칙을 이용한 소리와 색채치유법을 응용해 만들어졌습니다.

신은 우리에게 건강하고 훌륭한 육신을 주셨고 그 중 하나가 인간의 자연 치유 능력일 것입니다. 살아 있는 것들은 모두가 자위본능을 가지고 있으며, 자신을 해하는 것을 두려워하고 피하며 이익이 되는 것을 좋아하고 찾는 것이 자연적 순리일 것입니다. 예를 들어, 어느 곳이 탈이 나서 아프면 그것을 치유하기 위해 자신도 모르게 치유력이 있는 음식을 섭취하려 하고 또 치유가 되는 색을 좋아하고 원하게 됩니다.

신체 장기와 색에 관해 간단히 이야기한다면 먼저 심장과 소장이 나쁘면 화를 잘 내며 빨강색을 좋아하게 됩니다. 비장과 위장이 나쁘면 노란색을 좋아하게 됩니다. 간, 담(쓸개)이 나쁘면 게으름을 피우고 공상이 많아지며 파랑색을 좋아하게 됩니다. 폐와 대장이 나쁘면 징징거리고 짜증을 부리며 흰색을 좋아하게 됩니다. 신장과 방광이 나쁘면 검정, 회색을 좋아하게 됩니다. 이러한 현상이 시작되는 것은 일반적으로 나이가 들면서 공해와 스트레스, 운동 부족 그리고 자연과 멀어지면서 우리의 몸이 고장나고 부서지기 시작하기 때문입니다. 그럼으로 우리는 꾸준한 운동과 함께 스트레스를 받지 않도록 노력하고 특히 자연과 접할 수 있는 방법을 찾아야 합니다.

5. 활인선법 치유에 관한 실험 분석 결과서

본 분석 결과서는 활인선법 육각 문형에 관한 치유 효과를 검증하기 위해 2010년 6월 28일 선문대학교 산업공학과 주운기 교수에게 의뢰하여 받은 활인선법의 육각 문형의 체온 변화에 대한 분석 결과서입니다.

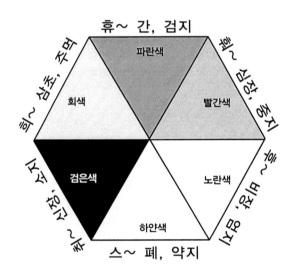

〈활인선법의 육각 문형 치유 판〉

1) 분석의 목적 및 방법

본 분석은 육각 문형이 사람의 건강 증진에 미치는 영향에 대한 것으로, 육각 문형을 보게 한 직후의 체온 변화를 측정하는 방법을 취하였다.

사람의 체온은 외부 환경이나 자극에 대해 반응하여 신체의 상태를 조절하고, 건강 상태에 따라 변화하는 것으로, 신체의 건강 상태와 밀접한 관계가 있다고 할 수 있다. 따라서 신체 상태의 확인을 위한 척도로서 측정이 용이한 체온을 이용하여 분석하였다.

2) 데이터 수집 방법

피실험자는 서울시에 거주하는 8~79세의 주민 중에서 52명을 대상으로 하였는데, 피실험자의 연령별 분포는 다음과 같고, 이 중 남성이 56%이고, 여성은 44%이다.

연령	10대 미만	10대	20대	30대	40대	50대	60대	70대
분포	11%	21%	4%	13%	6%	29%	10%	6%

이들 피실험자들을 대상으로 3일에 걸쳐서 오후 시간대에 측정을 하였으며, 각 개인별로 육각 문형을 보여 주기 전에 체온을 측정하고, 육각 문형을 보여 준 직후에 체온을 측정하여 체온의 변화를 분석하였다.

3) 분석 방법

데이터 분석은 다음과 같은 가설에 대해 검정을 실시하였다.

귀무가설 : 육각 문형을 보면, 체온이 상승한다.

대립가설 : 그렇지 않다.

수집한 데이터를 위한 피실험자가 8~79세로 나이가 다양하고, 남성/

여성이 고루 구성되어 있고, 측정 당시 건강에 이상이 있는 사람도 상당수가 있었으므로 다음과 같은 사항을 통계적으로 분석하였다.

가설 1. 일반적으로 육각 문형을 보면 체온이 상승한다.

가설 2. 남자는 육각 문형을 보면 체온이 상승한다.

가설 3. 여자는 육각 문형을 보면 체온이 상승한다.

가설 4. 건강이 안 좋은 상태에서 육각 문형을 보면 체온이 상승한다.

가설 5. 30대 이하는 육각 문형을 보면 체온이 상승한다.

가설 6. 40대 이상은 육각 문형을 보면 체온이 상승한다.

가설 검정을 위해서는 쌍체 t− 검정 방식을 이용하였고, 이를 위해 통계 분석 전용 소프트웨어의 하나인 미니텝(MiniTab)을 이용하였다.

4) 분석 결과

각 가설에 대한 검정 결과로 얻어진 p-value는 다음의 표와 같다.

가설	가설 1	가설 2	가설 3	가설 4	가설 5	가설 6
p-value	0.006	0.015	0.098	0.165	0.035	0.041

유의수준 5%를 가정하는 경우, 위의 검정 결과를 통해서 다음과 같은 분석 결과를 얻을 수 있다.

(1) 육각 문형은 여성에게 체온의 상승 변화를 유발한다.
(2) 건강이 안 좋은 상태에서 육각 문형을 보면 체온이 상승한다.

즉, 주어진 데이터를 통해 분석한 결과, 육각 문형은 여성이나 건강이 안 좋은 사람에게 체온을 상승시키는 효과를 가진다고 판단할 수 있다.

여기까지가 활인선법 육각 문형 치유에 관한 분석 결과서였습니다. 사실 이 실험에서 피실험자들은 육각 문형을 보는 것뿐 아니라 똑같은 조건하에서 활인선법의 기운을 받고도 위와 같이 체온이 상승하는 결과를 보였습니다. 하지만 활인선법의 기운이란 것이 눈으로 보이는 것도 아니고 또 객관적인 데이터를 낼 수 있을 만큼 확실한 증거 자료를 찾을 수가 없는 초월적인 힘이기 때문에 이 분석 결과서에는 언급되지 않았음을 말씀 드립니다. 그리고 이 실험에서 피실험자 중 건강이 좋지 않는 사람들 대부분은 육각 문형 또는 기운을 받음으로써 병의 증세가 완화되는 느낌을 받았지만, 이것은 개인의 주관적 느낌이라는 것을 감안해 체온의 변화에 대한 분석 자료만을 기술하였음을 말씀드립니다.

모든 만물은 우주가 가지고 있는 순수한 의식과 공명하고 있고 저마다의 특성과 가치를 가지고 있습니다. 여기서 언급한 육각 문형과 활인선법의 기운이 가지고 있는 치유력이라는 것들은 사실 우리 주변 모든 물질과 의식들 속에도 존재하고 있는 것들입니다. 우리가 사랑을 가지고 행하는 모든 일들과 순수한 마음이 담긴 모든 것들 속에는 서로를 치유하고 더 나아지게 하는 힘을 갖고 있습니다. 길에서 흔하게 볼 수 있는 작은 돌멩이 하나에도 우리가 사랑과 믿음을 갖는다면 그것은 다시 우리에게 더 큰 사랑과 믿음으로 돌아오게 되는 것입니다. 이렇게 작지만 또 더 큰 것이 되는 것이 사랑이 가진 본성이기 때문입니다.

6. 건강을 위한 호흡

사람들은 보통 명상적 호흡을 단순히 단전호흡이나 기(氣)짜기 등으로만 여기는 경향이 있습니다. 그러나 호흡에는 자연 속에 녹아 있는 신비한 생명의 힘을 접하고 순수한 영과의 교감을 얻기 위해 하는 명상적 호흡법도 있습니다. 미국이나 중국 등에서는 기(氣)나 푸라나 호흡 등 생명력을 가져다 주는 동양의 신비한 수행법들을 우리의 정신과 건강을 위한 대체의학의 한 방편으로 보고 과학적으로 접근해 나가고 있는 추세입니다.

사람은 물만으로는 50여 일을 살 수 있지만 물을 마시지 않고는 1주일을 버틸 수 없다고 합니다. 이는 물의 소중함을 강조한 것인데 이에 못지않은 것이 호흡의 중요성입니다. 그 이유는 호흡이 우리의 생명과 절대적인 관계를 맺고 있기 때문일 것입니다. 호흡 없이는 단 몇 분도 견뎌 낼 수 없는 것인 만큼 우리는 호흡에 중요성을 인식하고 바른 호흡을 위해 노력해야만 할 것입니다.

최근 웰빙을 추구하는 시대와 더불어 자주 듣는 단어 중 하나가 활성산소입니다. 활성산소란 호흡 중에 우리 인체에 남는 2% 정도의 찌꺼기 산소를 말하는데 산화를 촉진시켜 퇴행성 변화가 빨리 오게 함으로써 노화를 촉진시키고 수명을 단축시킵니다. 체온이 상승하면 활성산소 발생량이 증가하는데 운동이 심할수록 활성산소의 발생량은 더욱 증가한다고 합니다. 이러한 활성산소를 제거 또는 차단할 수 있는 방법으로는 과음과 흡연을 삼가고 과로와 스트레스를 피하는 생활 습관과 적당한 운동과 함께 비타민 C와 비타민 E가 풍부한 과일과 채소를 많이 섭취하는 것 등이 있습니다.

조사에 따르면 과도한 운동을 하는 스포츠인은 일반인보다 6년 정도 생명이 단축된다고 합니다. 이 조사는 승부를 겨루는 스포츠에선 많은 긴장과 승패에 대한 집착이 과도한 호흡과 근육에 긴장을 만들어 우리 몸을 상하게 할 수도 있다는 생각을 갖게 하는데, 반대로 명상이나 기도 등을 많이 하는 사람들의 경우 수명이 일반인에 비해 길다는 연구 결과가 나오기도 했습니다. 이러한 점을 고려할 때 활성산소 해결을 위해선 가볍고 느린 호흡을 생활화 하고 마음을 편안하게 하는 것이 중요하다고 하겠습니다.

호흡은 신체뿐 아니라 정신에도 영향을 주는데 우리가 흥분하거나 화를 내면 호흡 또한 거칠어지고 빨라지며, 우울하고 기운이 없으면 한숨이 나오게 됩니다. 또 한 가지 중요한 것은 자연의 호흡입니다. 이 호흡은 우리가 자주적인 정신을 가지고 또 모든 것을 자신뿐 아니라 타인을 배려하는 마음을 가지고 사랑하게 되면 자연(自然)과 하나가 되어서 나오는 자연의 호흡입니다. 이 호흡은 생명 그 자체이고 사랑 그 자체입니다.

•

7장

자유로운 영혼을 위해

1. 자연을 닮은 사람

우리는 우리 각자의 삶의 주체가 되어야만 합니다. 자연스럽다는 말은 어떤 의도를 가지지 않고 순수하게 그냥 그렇게 스스로 존재하고 있는 상태를 말하는 것입니다. 우리는 더 자연스런 존재가 되어야 한다는 것입니다. '누가 그러더라, 어떤 분께서 그렇게 말씀하셨더라' 가 아닌 '내가 이렇게 생각하고 원했으며 그래서 이렇게 말했고 행동했다' 고 하는 떳떳한 모습이 바로 자연스러운 삶의 태도이며, 자신이 주체가 되는 삶이라는 것입니다. 세상에서 가장 강인하면서도 부드러운 사람은 바로 자연을 닮은 사람입니다.

행복이란 다른 사람이 만들어 주는 것이 아니라 바로 내 자신이 행복하다고 느끼고 말할 때입니다. 그렇다면 행복한 삶이란 바로 내 자신이 원하는 것을 떳떳하게 표현할 줄 알고 또 지킬 수 있을 때부터 시작될 것입니다. 기쁨을 느끼는 것도 나이며 슬픔을 느끼는 것도 나입니다. 우리가 우리 자신을 바로잡고 스스로 일어나 균형 잡힌 삶의 주체로 우뚝 설 때 우리는 비로소 슬픔이 아닌 기쁨을 선택할 수 있을 것이고, 속박이 아닌 자유를 선택할 수 있을 것입니다. 이 단순한 진리 하나만으로도 당신의 영혼은 깨어날 수 있을 것입니다.

영혼은 그 무엇에도 속박되어 있지 않은 자유로움과 또 그것을 지킬 수 있는 의지를 품고 있는 빛과 같은 것입니다. 자유와 방종이 다른 것은 한 가지 차이점 때문입니다. 자유에는 절제가 있고 방종에는 없다는 것입니다. 자기 자신의 분수를 알고 정도를 넘지 않도록 알맞게 조절하고 제한하는 절제가 없다면 자유는 절대 지킬 수 없는 것입니다. 신은 스스로 존재하는 분이고 그 분의 본성은 아무것도 바라지 않는 사랑 그 자체입니다. 하지만 신은 절대적인 자유 속에 머물고 있는 만큼 또 절대적인 법칙 속에 머물고 있다는 것도 알아야 합니다. 신은 우리에게 그의 숨결인 영혼을 주셨습니다. 영혼은 신이 우리에게 준 축복입니다. 우리가 구속과 방종이 아닌 자유와 절제를 선택하고 축복 그 자체인 삶을 살기 위해서는 자기 스스로 세상과 상생할 수 있는 규칙과 질서를 찾고 또 지킬 수 있어야 할 것입니다.

2. 의무는 자유를 온전하게 지키는 것

요즘같이 빠르게 돌아가고 각박한 현실 속에서 스스로 알아서 다 하라고 말한다면 너무 냉정하고 책임 없는 말처럼 들릴 수도 있습니다. 이렇게 힘든 상황에서 의지할 곳이 너무나 간절한 분들도 많을 겁니다. 자주적이 되라는 말은 또 한 가지의 의미도 가지고 있습니다. 그 의미는 자주적인 힘에 기대고 의지하라는 말입니다. 그래서 잠시 멈추라고 하는 것입니다. 정신을 차리지 못하고 앞만 보고 쉴새없이 달려가는 내 어지러운 마음에 영혼이 자리를 잡고 도울 수 있도록 잠시만 멈추라는 것입니다. 조금만 삶의 여유를 갖고 단 1분 만이라도 멈추라는 말입니다. 그럼 지친 당신은 당신의 영혼을 만나게 될 것입니다. 영혼은 바로 당신 자신이며 신이 당신에게 선물한 당신의 삶이고 생명입니다.

자유롭게 살면서도 타인과 조화롭게 살아간다는 것은 사실 말처럼 쉬운 일은 아닙니다. 자신을 사랑하고 타인을 사랑하며 세상을 사랑하라는 말은 어디에서든 정말 끊임없이 들었던 말입니다. 도대체 어떻게 해야 이렇게 살 수 있다는 것인지 정말 답답하기만 한 것이 현실의 삶인 것입니다. 그래서 제안하는 것입니다. 현실이 공허하고 답답하다면 우선 스스로 선택하라는 것입니다. 스스로 선택을 했는데도 좋지 않은 느낌이 든다면 그 선택은 자신이 진심으로 바라는 것이 아니었을 것입니다. 이 때 멈추고 기다리라는 것입니다. 마음은 찰나를 분간할 수 없을 정도로 빠르게 움직입니다. 우리 영혼이 우리에게 다가가서 바른 판단을 줄 수 있게 잠시만 느리게 걸으십시오. 느리게 생각하고 느리게 말하십시오. 내 삶에 여백을 만드는 지혜가 그 무엇보다 필요한 때입니다.

신은 우리에게 자신의 숨결을 불어 넣었습니다. 그것이 당신 자신의 영혼입니다. 그 누구의 영혼도 아니며 바로 당신 자신입니다. 당신은 세상에 하나뿐인 가장 소중한 존재입니다. 또 한편으론 이 우주의 구성원 중 하나입니다. 신은 온전하신 분입니다. 우리를 내가 아닌 다른 누군가에게 속박당하게 하거나 자신의 주체성을 잃고 끌려다니기만 하는 인생을 살도록 만든 것은 아닙니다. 우리는 스스로 존재하는 하나의 작은 우주입니다. 그리고 우리들 하나하나가 모여 세상 만물이 또 하나로서 존재하게 되는 것입니다. 세상의 모든 것들은 다 저마다의 가치를 가지고 있고, 그 가치는 크고 작음에 관계없이 모두가 다 존귀하고 같은 것입니다.

부처가 나타나면 부처도 밟고 지나가야 한다고 부처님은 말씀하셨습니다. 우리는 스스로 독립할 수 있을 때까지는 부모나 스승 밑에서 보호를 받고 가르침을 받아야만 합니다. 그러나 어느 정도 준비가 되었을 때에는 부모와 스승으로부터 벗어나서 스스로 살아갈 수 있는 길을 찾고 배움을 찾아야만 합니다. 그러나 그 때를 놓치고 떠나야 할 때를 자꾸 미루게 되면, 당신은 영원히 스스로 일어설 수 없는 어린아이로 남아 있을 수밖에 없게 됩니다. 이것은 신이 바라는 삶도 우리 자신이 바라는 삶도 아닐 것입니다. 이 세상 그 누구도 당신 자신의 영혼을 대신할 수 없습니다.

우리의 의무는 자유를 온전하게 지키고 누릴 수 있도록 자신을 성장시키는 것입니다. 그리고 우리가 이 의무를 다하기 위해서는 타인과 상생할 수 있는 절제와 질서를 유지하고 이것을 통해 균형 잡힌 삶을 살도록 노력해야 하는 것입니다.

3. 조화로운 삶을 위해

세상은 신의 오묘한 섭리로 이루어졌습니다. 인간이 모든 것을 다 알 수는 없는 것입니다. 세상의 모든 것들은 저마다의 개성을 가지고 있지만 그 가치는 본질적으로 같다고 할 수 있습니다. 우리는 모든 존재의 삶의 방식에 대해 옳고 그름을 따질 수 없습니다. 중요한 것은 우리가 저마다의 삶의 방식과 개성을 가지고 서로 공존하면서도 결국 하나로서 존재하고 있는 완전무결한 존재들이라는 것입니다.

자유로운 영혼을 가져야 한다고 했습니다. 이유는 이 글을 읽는 사람 중에 마음이 속박되어 있다고 느끼거나 답답한 사람들을 위한 것이었습니다. 그리고 영성을 찾고 자유로워지자는 말은 단지 깨달음을 구하는 구도자나 구속과 불평등에 맞서 싸우는 사람들만을 위한 말은 아닙니다. 내 삶을 살아가고 싶은 우리 보통의 평범한 사람들에게 하는 말입니다.

이 세상은 음양의 기운이 끝없이 순환하며 교차하는 곳입니다.

그리고 자연의 법칙은 한 치의 오차도 없습니다. 우리에게는 속박 속에서 자유를 찾을 수도 있고 자유 속에서 속박을 찾을 수도 있습니다. 누군가는 이끌어 가야 하고 누군가는 이끌려 가야 합니다. 모든 사람들은 자신에게 주어진 여러 가지 삶의 선택 속에서 알게 모르게 자신이 원하는 것을 찾아 선택하고 그 속에서 삶의 의미와 가치를 가지고 서로 함께 하고 있습니다. 이 세상은 완벽하게 자유로우며 각자 스스로의 선택으로 움직입니다.

우리에게는 우리의 대립된 마음을 다듬는 과정이 필요합니다. 이렇게 다듬어서 편협하게 나누어진 두 눈이 때를 벗게 되면 내 마음 속에 대립적으로 나누어진 것들이 하나로 모아, 분별하지 않고 볼 수 있을 때 우리의 영혼은 밝게 빛날 수 있고 평온한 마음으로 세상을 바라볼 수 있게 됩니다. 사람의 마음은 어느 찰나에도 뒤바뀔 수 있습니다. 이것은 어쩌면 우리 마음의 본성이고 세상이 순환하는 원리입니다. 삶 속에 극 어디에서든 장단점이 존재할 수 있습니다. 세상은 한쪽 극으로만 이루어진 것이 아니기 때문입니다. 서로를 이해하고 내 마음의 양극을 이해하는 것이 서로 사랑하는 것이며 조화로운 삶을 살아가는 상생의 길입니다.

세상은 자석의 양극처럼 서로 맞서고 있지만 동시에 서로가 상대를 자신의 존재 조건으로 하는 관계에 있습니다. '내가 너희를 사랑하는 만큼 너희도 서로 사랑하라'는 예수님의 말씀은 아마도 악인을 대적하지 말고 원수를 사랑하고 비판하지 말라는 말씀과 같이 서로가 서로를 이해하고 함께 하라는 공생의 말씀이 아니었을까 합니다.

4. 해프닝과 끝없는 영속성의 길

너무 더워서 숨이 콱콱 막힐 때가 있습니다. 이 때 간절히 바라는 것은 시원한 물에 뛰어드는 것입니다. 삶이 너무 지쳐서 숨이 콱콱 막히고 미칠 지경인 사람들은 과감한 일탈을 꿈꾸게 됩니다. 만약 그 일탈이 내면의 깊은 바다로 뛰어들어 진정한 나를 찾는 길이라고 한다면 과감하고 단호한 결단이 필요합니다. 하지만 너무 급한 마음을 가지고 극단에 치우쳐서는 안 됩니다. 결단력은 내면의 깊은 고요 속에서 나오는 것이기 때문입니다. 힘들고 지칠 때일수록 평상심으로 돌아가십시오. 그리고 결단이 섰을 때 과감하게 바다를 향해 뛰어드십시오.

준비가 되지 않는 상태에서 갑자기 깊은 바다에 뛰어들면 몸도 마음도 놀라게 됩니다. 신성을 체험하고 본질을 깨닫는 것도 그렇습니다. 처음에는 손도 담그고 발도 담그고 하면서 수온과 깊이도 알아야 합니다. 이렇게 적응해 나가는 것이 신성을 찾는 수행의 과정입니다. 하지만 이 때 잊지 말아야 할 중요한 것이 있습니다. 손발만 살짝살짝 담그면서 미적거리고 있다 보면 뛰어들어야 할 때 뛰어들지 못하게 됩니다. 무엇인가 우리가 아직 체험하지 못한 미지의 세계를 향해 뛰어들기 위해선 결단력과 용기가 필요합니다.

삶에 너무 지쳐 있거나 간절하게 일탈을 원하면서도 용기가 없어서 미적거리는 사람이 있습니다. 하지만 이 사람은 바다로 뛰어들기엔 아직 준비가 되어 있지 않는 사람입니다. 한마디로 덜된 사람입니다. 그냥 이대로 놔두면 극단적인 방법을 선택해서 삶을 망치게 될지도 모릅니다. 이 때 가끔씩은 특별한 일이 일어납니다. 이 덜된 사람을 어떤 미지의 힘이 바다로 밀어 넣는 것입니다. 충분한 준비도 없이 갑작스럽게 바다에 빠지게 된 이 덜된 사람은 결국 놀라서 다시 뛰쳐 나오게 됩니다. 이것은 하나의 해프닝입니다. 멋모르고 갑작스런 경험을 했다고 하더라도 어쨌든 이런 경험은 그 사람에게 잊을 수 없는 것을 남기게 됩니다. 그리고 그는 변화를 꿈꿉니다. 그는 그가 보았던 이 아름다운 바다를 기억할 것이고 다시 바다로 뛰어들 준비를 할 것입니다.

순환하지 않는 물은 고여서 썩게 됩니다. 흐르는 물은 결국 바다가 됩니다. 바다로 돌아간 물은 다시 하늘로 올라갑니다. 그리고 다시 빗방울이 되어 땅으로 내려옵니다. 땅에 내려온 영혼들은 바다가 되고 싶습니다. 바다는 하늘을 비추고 있어 하늘을 닮아 있습니다. 그러나 땅에 닿아 있으면서도 자신과 온 세상을 정화합니다. 우리의 영혼은 더 넓고 자유로운 곳을 원합니다. 영혼은 다시 바다가 되길 간절히 원하고 있습니다.

깨달음은 바다로 가는 것도, 하늘로 다시 돌아가는 것도 아닙니다. 그것은 자유롭게 순환하며 끝없이 변화하는 이 우주의 끝없는 영속성을 아는 것입니다. 꽃도 피었다 지고, 별도 수없이 태어났다가 사라지듯 우리 모두는 비어 있는 곳에서 왔다가 비어 있는 곳으로 갑니다.

5. 마음을 움직이는 영혼의 힘

우리가 세속적인 것을 쫓고 있을 때나 깨달음을 쫓고 있을 때나 별반 다를 것이 없다는 것을 알게 됩니다. 무언가를 쫓고 있는 그 마음의 본질은 결국 다를 게 없는 것 같습니다. 좋고 나쁜 것이 문제가 아니라 분별하려는 마음이 결국 갈등을 일으키는 고통의 문제가 됩니다. 평생 세속적인 욕망을 절제하며 깨달음을 쫓던 사람이 깨달음에 대한 욕망을 멈추게 되면 갑자기 오랫동안 닫아 놓았던 세속적인 삶에 대한 욕망들이 물밀 듯이 넘쳐 나오게 됩니다. 이것은 사실 너무나 당연한 우리 본능의 양면성이 순환하는 과정일 뿐입니다. 우리는 영원한 것을 쫓는 삶의 본능을 가지고도 있지만 또 한편으로는 모든 것을 다 끝내 버리고 싶은 죽음의 본능도 가지고 있기 때문입니다. 이러한 본능은 인간을 움직이는 힘이 되기도 하고 동기가 되기도 합니다.

이 본능의 양면성은 서로 나누어 떨어져 있으면서 대립과 갈등을 반복합니다. 그리고 끝없이 서로 마음이라는 공간을 차지하고 주도권을 잡기 위해 전쟁을 치르고 있습니다. 우리의 마음이란 공간을 항상 이 둘이 서로 반복해 가며 어지럽고 빠르게 움직이고 있기 때문에 우리는 이것들이 움직이는 것에 정신이 팔려 우리 마음 그 깊은 곳에 있는 본성을 제대로 바라볼 수 없게 되는 것입니다. 하지만 우리가 한꺼번에 이 둘 모두를 받아들이거나 버리는 것이 잠시라도 가능해질 때 우리 마음이 멈추는 일이 일어나게 됩니다.

우리는 가끔씩 마음이 너무 혼란스러워서 미칠 것 같을 때가 있습니다. 이럴 때는 정말 간절히 이 혼란스런 마음을 제발 멈출 수 있길 바라게 됩니다. 하지만 우리 대부분의 사람들은 그것이 그렇게 간단치만은 않은 것이라는 것을 알게 됩니다. 사실 이 마음이란 것이 분명히 내 것임에도 불구하고 내가 어떻게 할 수 없는 것이라는 게 우리를 답답하게 만듭니다. 마음은 양극단을 오가면서도 또 이것을 끌고 과거와 미래를 종횡무진 헤집고 다니며 빠르게 움직입니다. 그리고 계속해서 모든 것을 극으로 나누고 또 이것을 가지고 끝없이 연쇄 작용을 일으키고 있습니다.

이런 마음의 메커니즘은 어찌 보면 참으로 당연한 것일지도 모릅니다. 세상은 양극이 끝없이 순환 반복하며 움직이고 있고 또 그 속에서 우리는 공간과 시간의 한계를 느끼며 살고 있기 때문입니다. 그러나 우리가 이 마음을 움직이는 힘을 우리 스스로 갖고 있지 않고 또 갖고 있다 하더라도 그것이 많이 부족하기 때문에 우리에게는 마음의 문제가 생기는 것입니다. 그렇다면 결국 우리가 찾아야 할 것은 우리가 스스로 이 마음에 주인이 될 수 있는 마음을 움직이는 힘을 찾는 것입니다.

우리는 지금 이 순간 여기 이렇게 살아서 존재하고 있습니다. 하지만 우리의 마음은 산 자가 아닌 죽은 자의 손에 맡겨져 있습니다. 그것은 마음을 움직이는 힘 자체가 살아 있는 영혼의 것이 아니고 우리가 과거에 삶을 통해 얻은 정보들이기 때문입니다. 어떻게 보면 마음을 지배하는 것은 지금 살아 있는 우리 자신이 아니라 죽은 과거의 나와 그리고 내 머릿속에 남아 지워지지 않고 있는 다른 사람의 말과 생각들일지도 모릅니다. 우리의 마음은 지금 이 순간 살아 움직이는 이 우주와 공명해야 합니다. 더 이상 과거의 죽은 것들과 공명해서 마음을 어지럽혀서는 안 되는 것입니다. 본래의 나는 이 우주와 함께 태어났고, 우리는 서로 한몸이며 한마음입니다.

우리에게는 멈춤이 필요합니다. 하지만 여기서 말하는 멈춤이란 움직이는 것을 더 이상 움직일 수 없게 꽉 붙잡는 것을 말하는 것이 아닙니다. 제가 말하는 멈춤은 우리가 마음을 붙잡으려고 했던 모든 일들을 이제 그만 내려놓는 것입니다. 그것은 지금 우리가 우리의 마음을 통제하고 지배하려 하는 모든 일들을 그냥 내버려 두고 기다리는 것입니다. 잠시라도 모든 것을 내려놓고 아무 생각도 하지 말고 그냥 가만히 있으면 됩니다. 우리가 자신을 드러내려 하고 또 내세우려 하는 것들을 잠시라도 멈출 수 있을 때, 우리는 빛의 본성을 되찾을 수 있을 것이고, 또 그 동안 자신을 가리고 있던 그림자를 보게 될 것입니다. 이렇게 멈춤이 일어날 때 우리의 마음은 순수한 빛으로 빛나게 될 것이고 평화와 사랑으로 가득 차게 될 것입니다.

우리의 마음을 가리고 있던 그림자가 밖으로 나가고 마음이 멈추게 되면 하늘도, 구름도 결국은 모두 마음이 그려 낸 것이라는 것을 깨닫게 됩니다. 삶 속에 죽음이, 죽음 속에 삶이 찾아옵니다. 향기와 악취가 따로 없고 좋고 나쁜 것이 따로 없는 오직 지극히 선(善)한 것만이 남게 됩니다. 이 속에서 내가 모든 것이고 또 모든 것이 내가 됩니다. 그것은 남녀가 동그랗게 빛으로 둘러싸인 원 안에서 알몸으로 사랑을 나누는 것처럼 비춰집니다. 그것은 너무나도 아름답지만 그 속에는 알 수 없는 눈물이 남아 한 줄기 빛이 되어 흐르게 됩니다. 결국 모든 것이 다 빛 속으로 사라지게 됩니다. 우리는 빛 속에서 와서 다시 빛 속으로 돌아갑니다. 더 이상 뭐라 말할 수 없는 것입니다. 그리고 다시 새로운 내가 시작됩니다.

8장

●

평범한 일상의 신비를 찾아서

1. 불편한 진실들

저는 오랫동안 제 삶에 대해서 어떤 의문을 품고 있었습니다. 그리고 그 답을 찾기 위해서 많은 시간을 헤맸던 적이 있었습니다. 어느 날 그 어떤 이유에서였는지 아니면 자연스레 일어난 일이었는지 간에 저는 제 자신의 체험을 통해서 그 의문을 내려놓게 되었습니다. 그러나 제가 체험을 통해 얻은 답은 제가 그 동안 기대했었던 것과는 너무나도 다른 것이었습니다. 또 한편으로는 너무나도 역설적이고 모순된 것이었습니다. 그리고 제가 오랫동안 의문을 풀 수 있었던 계기 또한 어떤 특별한 것을 통해서가 아니었습니다. 저는 어느 날 갑자기 제 자신이 처한 현실들에 대해 있는 그대로 받아들이게 되었습니다. 뜻밖에도 저는 이렇게 단순한 받아들임을 통해서 제가 오랫동안 품고 있었던 제 삶의 의문들을 풀 수 있게 되었습니다.

저는 오랫동안 제 자신에게 묻곤 하였습니다. 삶과 죽음, 그리고 내가 누구이고 왜 태어났으며 또 무슨 이유로 이런 삶을 살고 있는지에 관해서 말입니다. 하지만 그 답은 쉽게 찾을 수 없었고, 그 어떤 말로도 저의 이런 의문들에 대한 갈증을 해소할 수가 없었습니다. 이런 의문들이 들기 시작한 것은 아마도 아주 오래 전부터 였던 것 같습니다. 하지만 어느 날 이런 의문들이 저를 더 강하게 붙잡게 되었고, 그것은 제 마음 속 깊은 곳까지 파고들어 저를 아주 혼란스러운 상황으로까지 몰고 갔습니다.

제가 이런 의문들에 빠지게 되고 집착하게 된 것은 대학 시절 저에게 일어났던 교통 사고 때문입니다. 저는 이 때의 사고를 통해서 삶과 죽음의 경계를 체험하게 되었고, 또 제 자신도 결국은 죽게 될 것이라는 사실을 받아들이게 되었습니다. 저는 이 때부터 제가 어느 날 갑자기 사라질지도 모른다는 생각을 하게 되었습니다. 이런 생각에 빠져들게 되자 삶의 모든 것들이 다 허무하게만 느껴졌고, 이런 이유로 정신적 공황 상태에 빠지게 되고 말았습니다. 저는 이 때부터 아무것도 할 수 없었고, 삶이 무의미하게 느껴져 괴롭고 힘든 시간을 보내야만 했습니다. 그러던 중 주위 사람들의 도움으로 조금은 정신을 차릴 수 있게 되었고, 저는 이 때부터 제 자신을 찾기 위해 여러 가지 방법들을 찾기 시작했습니다.

이렇게 제가 공황 상태에 빠져서 제 자신을 찾기 위해 방황했던 시기는 아마도 제 인생에서 가장 어두웠던 시간들이 아니었나 싶습니다. 삶은 망가져 있었고, 몸도 마음도 너무 지쳐서 제 삶은 어느 것 하나도 제자리를 잡지 못하고 있었습니다. 하지만 저는 너무 오랫동안 저의 이런 모습을 바라보지 못했습니다. 아니 어쩌면 이 불편한 진실을 받아들이기가 힘들어 스스로 외면했는지도 모릅니다. 어느 순간 저는 제 자신을 있는 그대로 바라볼 수 있게 되었습니다. 저는 제 스스로를 좋은 쪽이든 나쁜 쪽이든 모두 인정하고 받아들이기로 마음먹었고, 또 망가진 삶을 회복하기 위하여 그 동안 찾던 의문들을 다 내려놓기로 했습니다. 이렇게 다시 새로운 삶을 시작해야겠다는 생각을 가지고서 저는 제 자신에게 다짐했습니다. 앞으로 내게 그 어떤 어려움이 다시 찾아와도 몇 번이고 다시 일어서겠다고 말입니다. 그리고 이 때 갑자기 제게 놀라운 일이 일어났습니다. 그것은 제 안에서 누군가의 목소리가 들리기 시작한 것이었습니다.

2. 내 안에서 찾은 신성

그 음성은 제 안에서 들리는 소리 같기도 했지만 또 제 몸 밖에서도 들리는 것 같기도 했습니다. 그리고 그 음성은 제 목소리와는 다른 한 남자의 음성이었습니다. 저는 처음 이 음성을 듣는 순간 직감적으로 느낄 수 있었습니다. 그것은 이 음성의 주인이 내 안과 밖에서 존재하고 있다는 것이었고, 또한 신성한 존재의 음성이라는 것이었습니다. 이 음성은 아마도 제가 지금까지 들어 본 목소리 중 가장 부드럽고 맑은 소리였습니다. 이 음성은 너무나도 온화해서 저를 한없이 편안하게 해 주었습니다. 그래서 저는 이렇게 놀라운 상황을 갑자기 겪으면서도 아주 편안하게 있을 수 있었고, 이 음성의 기운을 느낄 수 있었습니다.

또 한 가지 특이한 것은 제가 이 음성을 듣고 나자, 제 눈에 특별한 변화가 일어났습니다. 제가 이 음성을 듣고 나서 세상을 다시 바라보자, 세상은 이전에 보았던 모습과는 너무나도 달라 보였습니다. 제 눈에 비치는 세상의 모습은 너무나도 아름다웠고 신비로웠습니다. 세상은 마치 한 여자가 자신의 모습을 치장해서 알아볼 수도 없을 정도로 아름답게 변한 듯해 보였습니다. 이 때 제 눈

에 비친 세상은 마치 여신의 모습과도 같았고, 그 모습은 너무나
도 선명하고 맑았습니다. 저는 이 세상이라는 여신의 품에 안겨서
한없는 행복과 사랑을 느꼈고, 이 삶이 축복이라는 것을 깨닫게
되었습니다. 이 때 제 눈에 비친 이 세상은 축복 그 자체였고, 사랑
그 자체였습니다.

하지만 그 음성은 제가 궁금해하고 알고 싶어 하는 여러 가지 의
문들에 대해서 모두 다 대답해 주지는 않았습니다. 이 신성한 음
성의 주인은 마치 침묵 속에서 모든 것을 바라보고 있는 것 같았
고, 제가 모든 것을 스스로 찾고 해결할 수 있기를 바라는 것 같았
습니다. 하지만 제가 정말 간절히 원했던 세 가지 물음에 대해서
는 모두 대답해 주었습니다. 제가 물었던 첫 번째 질문은 "제가 만
약 실패를 하더라도 다시 일어나서 도전한다면 저는 성공할 수 있
습니까?"라는 것이었습니다. 그리고 이 질문에 대한 대답은 "넌
꼭 성공한다."였습니다. 그리고 두 번째 질문은 제가 길을 걷고 있
을 때였습니다. 저는 길에서 오만상을 다 찌푸린 채로 아주 고통
스런 얼굴을 하고, 다리가 없어서 팔로 기면서 구걸하고 있는 한
걸인을 보았습니다. 저는 이 모습을 보고 가슴이 무척 답답했고,
그래서 그 음성에게 물었습니다. "도대체 왜? 저 사람은 저렇게 힘
들게 살아야만 합니까?"라고 말입니다. 하지만 그 음성의 대답은

뜻밖에도 "모든 것을 다 주었다. 찡그리지 마라."였습니다. 마지막으로 저는 그 음성에게 물었습니다. "제가 만약 누군가를 돕고 싶다면 어떻게 돕는 것이 바람직한 것입니까"라고 말입니다. 그 대답은 "사랑하라."라는 한 마디뿐이었습니다.

저는 이렇게 제 안에 있는 신성한 존재를 깨닫고 체험하게 됨으로써 세상을 보는 눈이 조금 더 새로워질 수 있었고, 또 제 본성과 세상의 모습에 대해서도 조금은 더 가까이에서 볼 수 있게 되었습니다. 제가 본 세상의 모습은 정말 맑고 선명하였으며 아름다웠습니다. 하지만 또 이 세상을 이루고 있는 모든 것들이 마치 수증기와 같은 것들로 뭉쳐 있는 것처럼 보였습니다. 그래서 건물의 벽마저도 딱딱하게 막혀 있는 것이 아니라 뚫려 있는 것처럼 보였습니다. 또 모든 것들이 다 이 수증기와 같은 작은 알갱이들로 뭉쳐져서 형상을 만들고 따로 떨어져 있었지만 또 하나의 살아 있는 거대한 생명체처럼 보였습니다. 세상은 가득 찬 것처럼도 보이면서도 또 한편으로는 모든 것이 텅 비어 있는 것처럼도 보였습니다. 모든 것들이 선명하면서도 또 꿈처럼도 보였고, 꿈과 현실이 뒤섞여 있었지만 둘이 하나로 있는 알 수 없으면서도 아름다운 것이었습니다.

이렇게 세상을 바라보고 있다가, 저는 순간 제가 세상과 한 몸이 되었다는 것을 느끼게 되었고, 또 세상이 저와 함께 한 몸으로 살아서 움직이고 있다는 것을 느끼게 되었습니다. 저는 세상의 심장 소리를 들었고 그 고동치는 소리가 제 안과 밖에서 울리고 있다는 것을 느끼게 되었습니다. 거리를 지나가는 사람들과 나무들, 그리고 세상의 모든 것들이 다 내 몸으로 들어오고 나가는 것처럼 제 몸은 뚫려 있었고 비어 있었습니다. 저는 어느 순간 바람이었고 빛이었으며 세상의 모든 것이 다 내 자신이 되었습니다. 이렇게 되자 내가 바라보고 있는 모든 것들이 내 자신처럼 느껴졌고, 더 이상 내가 바라보는 모든 것들과의 분리가 사라졌습니다. 저는 이 때 제 자신이 이 세상이 된 것을 느꼈고 또 이 모든 것을 바라보고 있는 것이 바로 내 안에 있는 본성임을 깨닫게 되었습니다. 바로 내가 세상이었고 세상이 나였으며, 내 마음이 세상의 마음이었고 세상의 마음이 내 마음이었습니다. 이 때 저는 세상의 모든 것들에 대해서 한없는 사랑을 느끼게 되었고, 세상의 모든 것들이 다 소중하게만 느껴졌습니다.

이렇게 세상의 모든 것들이 모두 내 몸의 일부가 되고 내 자신이 되자, 저는 세상 모든 것들과 함께 느끼고 생각하게 되었습니다. 세상의 모든 것들, 바로 그들의 기쁨이 내 기쁨이 되었고, 그들의 고통이 내 고통이 되었습니다. 저는 또 만물과의 교감과 사랑을 통해서 아주 놀랍고도 기적적인 체험을 하게 되었습니다. 그것은 바로 제가 고통 받는 식물이나 동물의 고통을 제 몸과 마음으로 느끼고, 또 그들을 안쓰럽게 생각하고 돕기를 원하게 되면 놀랍게도 그들은 치유되었고 또 제 자신도 이 세상으로부터 힘을 받아 치유되는 것이었습니다. 저는 이 우주의 힘이 서로가 서로를 사랑하는 것으로부터 나오는 것이라는 것을 알게 되었습니다. 이 힘은 제 몸과 마음을 정화해 주었고, 저는 이러한 정화를 통해서 마치 갓난아이로 다시 태어난 것처럼 제 자신이 맑고 건강해지는 것을 느낄 수 있었습니다.

이 우주의 힘이 제 몸에서 움직이는 것은 마치 거대한 폭발처럼 느껴졌습니다. 이 힘은 제 몸의 성기 쪽에서부터 점점 머리로 올라왔고 사지로 퍼지면서 제 몸의 구석구석을 다 불태우며 저를 정화했습니다. 이 힘은 제 몸의 세포 하나하나까지도 불태울 뿐 아니라 제 마음속 구석구석에 쌓여 있는 찌꺼기까지도 모두 불태웠습니다. 그리고 이 힘의 기운이 제 머리 위로 올라왔을 때에는 마치 하늘과 땅이 하나가 되는 것 같았고, 제 안의 남성과 여성이 하나가 되는 것처럼 느껴졌습니다. 최후에는 제 온몸에 퍼진 이 힘이 모두 빛으로 바뀌면서 제 몸과 마음, 그리고 세상마저도 모두

빛으로 변하게 하는 것 같았습니다. 나와 세상의 모든 것들이 다
빛 속으로 녹듯이 사라지는 것 같았습니다.

3. 다시 찾은 일상의 신비

저는 이러한 체험을 통해서 제 안에서 신성을 깨닫게 되었고, 내면의 평화를 얻었으며, 말로는 다 표현할 수 없을 만큼의 행복감도 얻게 되었습니다. 하지만 제가 내면 세계를 향해 더 깊이 들어가면 들어갈수록 저와 이 외적인 세계는 더 멀어지게 되었습니다. 저는 천천히 제 자신이 이 사회와 사람들로부터 멀어져 가고 있다는 것을, 그리고 제 자신이 홀로 고립되어 가고 있다는 것을 알게 되었습니다. 제가 이렇게 제 자신에게 만족하지 않고 제 상태를 불편하게 받아들이게 되자, 저는 이 황홀한 내면 세계로부터 벗어나게 되었고, 제 안에 있던 빛도 천천히 느껴지지 않게 되었습니다. 하지만 저는 이러한 모든 상황들을 받아들였습니다. 그것은 제 자신이 이 내면 세계 속에서 계속 머물러 있기를 바라지 않았기 때문입니다.

저는 이렇게 다시 평범한 일상의 모습으로 돌아오게 되었습니다. 세상은 더 이상 황홀한 모습이 아니었지만, 그래도 저에게는 모든 것이 아름답고 새롭게 느껴졌습니다. 그것은 이 평범하고 소박한 일상의 모든 것들이 바로 내가 원한 것이었고 내가 선택한 것이었기 때문입니다. 그리고 내가 있어야 할 곳도 바로 지금 이곳이었습니다. 저는 이 때 다시 한 번 제 자신을 진실하게 바라보게 되었고 깨닫게 되었습니다. 저는 오랫동안 현실을 받아들이지 못했고 삶을 고통으로만 생각했었습니다. 그리고 답답한 현실을 벗어나서 더 새롭고 특별한 것을 찾길 원했습니다. 남들보다 더 특별해지고 싶었고, 더 멋진 삶을 살길 바랐지만, 저는 제 눈앞에 있는 현실을 바라보려고 하지는 않았습니다. 하지만 저는 이제 깨닫게 되었습니다. 내가 찾던 천국은 지금 내 안에 있고, 또 나를 둘러싼 모든 것들 속에 있다는 것을 말입니다. 지금 여기 이 순간 나와 함께 하고 있는 모든 것들이 나에게는 가장 소중한 것이며, 그리고 이 평범한 일상이 가장 행복한 것이었습니다.

제 체험이 현실이었든 또는 환상이었든 지금 저에게는 더 이상 중요한 문제가 아닙니다. 그리고 지금 저에게 중요한 것은 오늘과 앞으로의 삶을 어떻게 사는가입니다. 저는 지금 제 삶이 더 풍요롭기를 바라며 제가 더 맑게 깨어 있고 건강하기를 바랍니다. 어쨌건 제가 겪었던 이런 체험은 그래도 저에게 세상을 바라보는 눈을 변하게 해 주었습니다. 저는 지금 제 평범한 일상에 대해 모두 만족하고 있는 것은 아니지만 삶에 대해 더 만족하고 있습니다. 물론 가끔씩 짜증나고 힘들 때도 있지만 그래도 이 삶을 축복으로 받아들이며 다시 기운을 얻게 됩니다.

　저는 오랫동안 무엇인가를 찾아 헤맸지만 결국은 다시 일상으로 돌아왔습니다. 하지만 비로소 알게 되었습니다. 제가 그토록 간절히 찾았던 것이, 결국 항상 제 곁에 있었지만 그 소중함을 몰랐던 지금의 이 평범한 일상이라는 것을 말입니다. 우리가 사는 이 세상은 절망과 희망, 냉소와 미소, 슬픔과 기쁨 같은 것들이 항상 대립하고 있으면서도 또 함께 하고 있습니다. 그래서 우리가 어느 한 쪽을 아무리 원하고 선택해 봐도 결국에 가서는 이 두 가지 모두를 다 만날 수밖에 없게 됩니다. 하지만 이 삶을 우리가 어떤 눈으로 바라보고 또 어떻게 받아들이냐 하는 것은, 결국 우리 자신의 선택의 몫일 뿐입니다. 어둠 속에서 빛을 바라보든, 빛 속에서 어둠을 바라보든 결국 모두가 다 자신의 선택에 달려 있는 것입니다. 꿈을 찾을 수 있는 힘도 그리고 만족을 찾을 수 있는 힘도, 바로 지금 이 순간 이 곳에 있습니다. 그것은 항상 우리와 함께 하고 있는 이 삶 속에 있는 것입니다.

4. 삶을 통한 깨달음

저는 이러한 체험을 통해서 오랫동안 제 자신에게 물었던 질문들에 대해 어느 정도는 답을 얻게 되었습니다. 삶과 죽음, 내가 누구이고 왜 태어났으며, 또 무슨 이유로 이 삶을 살고 있는가에 대해서 말입니다. 저는 제 안에서 신성을 체험함으로써 내가 세상과 하나임을 알게 되었고, 또 세상의 모든 것들이 다 빛 속에서 나와 다시 빛 속으로 들어가는 빛의 존재들이라는 것을 알게 되었습니다. 그리고 내가 태어난 이유가, 내가 아직 이 삶에서 원하는 것이 더 남아 있기 때문이라는 것도 알게 되었습니다. 그것은 바로 내가 이 삶을 선택했다는 것이고, 신은 나에게 모든 것을 다 주었다는 것이었습니다.

제가 제 안에서 신성을 깨닫고 바라본 세상의 모습은 모든 것들이 서로 사랑하며 조화롭게 공존하고 있었습니다. 하지만 아쉽게도 우리 사회와 사람들에게는 아직 부족한 그 무엇이 있었던 것 같습니다. 우리에게는 아직 우리가 찾지 못했을 뿐, 모든 것을 가능하게 할 그 무엇이 있습니다. 우리는 앞으로 서로 다른 것을 존중할 수 있을 것이고, 모든 것을 다 포용할 수 있을 것입니다. 그것은 우리의 가슴 깊은 곳에는 아직도 서로가 하나됨을 체험하고 싶은 사랑이 있기 때문입니다.

  지금 우리에게 필요한 것은 삶 속에서 자신 안에 있는 신성을 깨닫고 체험하는 것입니다. 우리는 평범하게 살면서도 신성을 체험할 수 있고 더 나은 삶을 살 수도 있습니다. 그것은 바로 우리가 서로 하나라는 것을 직접 몸으로 느끼고 체험하는 것입니다. 내 안에서 신성을 찾고 우리 모두가 하나라는 것을 느끼고 체험할 수 있는 것은 바로 우리가 서로 사랑을 느끼고 체험하는 것입니다. 사랑은 상상만 하고 앉아 있는 것이 아니라 직접 체험하고 느끼는 것입니다. 그 사랑이 무엇이든 좋습니다. 남녀 간의 사랑, 가족 간의 사랑, 사회와 일에 대한 사랑 등 그 무엇이 되었든 사랑을 체험할 수 있는 것이 중요한 것입니다. 우리는 삶의 모든 것들을 통해서 사랑을 체험할 수 있을 것이고, 또 그 속에서 신을 만날 수 있을 것이며, 깨달음을 찾을 수 있을 것입니다.

  지금 중요한 것은 우리에게 주어진 이 삶을 어떻게 바라보느냐라는 것입니다. 현실을 어둡게 바라보면서 흐리멍덩하게 사는 것보다는 차라리 꿈을 생생하게 느끼려고 하는 것이 더 나을 수도 있습니다. 지금 필요한 것은 이 삶을 어떻게 누리고 또 앞으로의 삶을 어떻게 준비해 나갈 것인가 하는 것입니다. 그러기 위해서는 언제 어느 때나 항상 맑게 깨어 있어야 합니다. 삶이 되었든 죽음 이후가 되었든 중요한 것은 지금 자신이 있는 곳에서 깨어 있는 것입니다. 그것은 바로 지금 내 앞에 있는 현실을 있는 그대로 바라보는 것이고, 삶을 아름답게 꽃 피울 수 있도록 이 삶을 누리는 것입니다. 이렇게 할 때 우리는 비로소 이 삶이 얼마나 아름다운 것인지를 알게 될 것이고, 사랑을 체험할 것이며, 또 이 삶을 완성할 수 있을 것입니다. 우리가 자신에게 주어진 삶을 사랑하고 최선을 다할 때, 삶은 무르익을 것이고 저절로 깊은 향기를 낼 수 있을 것입니다.

우리에게 필요한 것은 내면에 머물러 있으면서 꿈 속에 빠져 있거나 현실을 직시하지 못하는 것이 아닙니다. 진정으로 필요한 것은 우리 내면의 향기가 우리의 삶 속으로 뿜어져 나올 수 있도록 하는 것이며, 그렇게 해서 이 삶을 아름답게 꽃 피우고 자신의 꿈을 실현하는 것입니다. 이렇게 하는 것이 자신과 세상을 조화로운 향기로 가득 채우는 것이고 자신 안에서 신성을 찾는 길입니다. 자신 안에 있는 신성을 찾는 것이 결코 신비한 능력을 쫓거나 환상에 빠져서 현실을 직시하지 못하는 것이 되어서는 안 됩니다.

내 안의 있는 신성은 신비롭고 경이로운 것이지만 일상과 동떨어진 환상이 아닙니다. 세상의 모든 일들은 우리가 원하고 행동한 대로 우리에게 다시 돌아옵니다. 사실 이 모든 것들이 다 신비로운 것들이며 우리가 지금 이 순간 이 곳에서 함께 하고 있는 모든 것들이 다 신성으로 가득한 것이고 충분히 신비로운 것들입니다. 우리 안의 신성도, 그리고 사랑도 모두 지금 이 순간 이 곳에 있으며, 이 평범함 일상 속에서 함께 하고 있습니다.

지금 이 순간 이 곳에서 함께 하는 것

이렇게 이런저런 이야기들로 제 체험과 생각들을 정리해서 이 책에 옮겼습니다. 그리고 이제 이 책을 마무리지으려 합니다. 하지만 지금 끝난 것은 아닙니다. 이제 시작일 뿐입니다. 빈 칸은 이제 우리가 각자 자신의 방식으로 채워 나가면 되는 것입니다. 우리 한 사람 한 사람이 스스로 자신의 삶의 법칙을 만들고 또 자신을 위해서 혹은 또 다른 누군가를 위해서 무엇인가를 하면 됩니다. 저는 지금 제 자신에게 그리고 이 책을 읽는 분들에게 다시 말합니다. 언제나 지금 이 순간만큼은 이 세상 그 누구도 혼자가 아니라고 말입니다. 이 순간은 우리가 항상 함께 하고 있고 그래서 아주 편안하고 행복합니다.

지금 기분은 마치 아무런 준비도 없이 떠난 여행길에서 서로 모르는 사람들을 만나 이런저런 이야기를 나누다 헤어지는 기분이라고 해야 할 것 같습니다. 밤새 놀고 아침이 밝아 이제 집으로 돌아왔습니다. 그리고 이제 각자의 삶 속으로 돌아가서 또다시 갈등과 해소를 반복하는 일상을 살아야 합니다. 하지만 삶이라는 이 길고도 짧은 여행길이 꼭 지치고 힘들기만 할 것 같진 않습니다. 동그란 원을 한 바퀴 돌아 다시 이 곳으로 돌아오는 동안 저는 마음을 나눌 수 있는 친구들을 만났고 또 그들을 통해 용기를 얻을 수 있었기 때문입니다. 그들은 내 심연 깊은 곳에 있는 영혼이었고, 또 여러분들의 영혼이었습니다.

영혼의 삶 속에는 시작도 끝도 항상 아무것도 없습니다. 우리에겐 항상 지금 이 순간만이 있을 뿐입니다. 그리고 이 순간에는 항상 사랑이 있습니다. 산다는 것은 사랑하는 것일 뿐이며 그 밖의 것은 아무것도 없습니다. 그 사랑은 항상 아무것도 바라지 않고 그냥 지금 여기 평범한 삶의 순간 속에서 우리와 함께 하고 있습니다. 그것은 평범한 것이 가장 행복한 것임을 사랑은 잘 알고 있기 때문입니다.

그 실체를 정확히 알기 어렵고 또 초월적인, 영적 존재와 그 힘에 대해 제 주관적인 체험과 생각들을 감히 어렵게나마 이 책을 통해 언급한 것에 대해서 양해를 구합니다. 끝으로 우리 모두가 더 넓은 세상을 보고 자신의 꿈을 이룰 수 있기를 바라며 이 책을 마칩니다. 감사합니다.

힐링 메디테이션(healing meditation)

초판 1쇄 인쇄 | 2010년 12월 10일
초판 1쇄 발행 | 2010년 12월 15일

지은이 | 주현철
펴낸이 | 손형국
펴낸곳 | (주)에세이퍼블리싱
주소 | 157-223 서울특별시 강서구 방화동 316-3번지 102호
홈페이지 | www.book.co.kr
전화번호 | (02)3159-9638~40
팩스 | (02)3159-9637

ISBN 978-89-6023-502-1 03810

활인선법
주 소 | 135-282 서울 강남구 대치2동 백암빌딩 2층 활인선법 수련원
전 화 | 02-555-4113
홈페이지 | www.gigong.org
전자우편 | zhu2000@naver.com